# EUGÈNE BAIE

# La Leçon des Morts

> Ils ne sont pas morts en vain, ceux qui
> sont morts pour que la Patrie vive plus libre,
> plus unie, plus fière, plus forte, plus grande.
>
> DÉMOSTHÈNE.

## *ÉPREUVE*

PARIS

LIBRAIRIE FÉLIX ALCAN,

*108, boulevard Saint-Germain.*

1918

# LA LEÇON DES MORTS

## A LA CHÈRE MÉMOIRE

### DE CEUX

QUI, DE LA MEUSE A L'YSER,

S'IMMOLÈRENT POUR L'HONNEUR ET L'ILLUSTRATION DU PAYS,

CES PAGES, TOUTES REMPLIES D'EUX,

SONT PIEUSEMENT DÉDIÉES.

EUGÈNE BAIE

# La Leçon des Morts,

### Écrite à l'intention des Belges, sous la dictée des événements.

> Ils ne sont pas morts en vain, ceux qui sont morts pour que la Patrie vive plus libre, plus unie, plus fière, plus forte, plus grande.
> DÉMOSTHÈNE.

PARIS
LIBRAIRIE FÉLIX ALCAN,
*108, boulevard Saint-Germain.*
1918

# AVANT-PROPOS

*L'âme entière se replie vers les jeunes héros que couronnaient les flammes heureuses, la charmante ivresse de leurs vingt ans. Elle maudit ce que la violence a brisé en eux d'intelligence alerte, de gaieté, de générosité, de tendresse en son premier éveil. Elle ne peut croire que rêves, ambitions si pures, tous ces nobles hochets, tous ces légers fuseaux entrelacés qui, déjà, filaient la trame d'un fier destin, la guerre, en une heure, a dévoré tout cela.*

*Viennent ici, sous leurs voiles sombres, près des tombes fraîches, les muses, les pleureuses, les mères et les*

amantes éplorées, toutes celles qui, sous la paupière, ont
une larme de sang, et qu'elles murmurent avec mille
inflexions les suprêmes tendresses de l'âme collective et
les litanies de la plus émouvante piété.

Mais, nous, redoutons la gloire qui s'attache au malheur ;
la poésie en est bien mince et dure ce que durent des
pleurs ; sachons les dévorer en silence, afin que rien ne
vienne obscurcir notre vision de demain. Nous voulons
grandir dans l'effort, dans la dignité d'une tâche surhumaine, et non dans la commisération des autres, irritante à des cœurs bien nés.

La gloire est le soleil des Morts, assure Balzac. Elle est
aussi la leçon des vivants. Elle verse en nous ses clartés.

Tournons-nous donc vers nos morts. Ils sont beaux
comme des dieux, mais ils nous semblent meilleurs. Tout
en eux est droiture, élan, vigueur, raison, sérénité. Écou-
tons-les. Leurs ombres inquiètes implorent de notre
énergie que s'achève en nous leur destinée. Prêtons-leur
ce surcroît de vie.

Pourquoi ne mettent-ils aucune idée triste en moi ?
Leur souvenir n'est pas une cendre remuée, mais une
chose ardente, ineffable et comme un ferment pour nos
plus vivaces espérances. Il éveille en nous des images infinies de douceur. On songe à certains soirs du désert,
dans ces très beaux pays où la féerie de la lumière spiri-

*tualise les choses, les rend fluides, impalpables, et fait
de la terre un souffle divin, « le ciel inférieur », comme
enseignent les* Litanies du Soleil. *Tout le jour on a cou-
doyé des Arabes ; à peine les a-t-on dévisagés dans leurs
guenilles grandioses. Le soir venu, les voici qui se dres-
sent sur des bêtes fringantes, droits sur leurs étriers. Une
lumière suave, adorable, enivrante les enveloppe, subli-
mise leurs burnous ; et la caravane de cavaliers roses
s'éloigne à jamais, comme en un rêve, évanouie. C'est mal
dire : elle entre en nous, enrichit nos sensations, s'incor-
pore à notre âme, y dépose de la beauté. Ainsi de nos
jeunes morts lorsque l'horreur sacrée des champs de bataille les sépare de nous. Ils se mêlent à notre propre
substance. Mais eux ne traversent pas que la magie d'un
beau soir. Ce qui resplendit sur eux, c'est la lumière
éternelle, arrêtée sur leurs vingt ans, c'est le soleil des
morts.*

*Il répand déjà ses clartés sur le monde que leur sacri-
fice enfante. En nous leur volonté s'insinue comme une
fièvre sacrée. Ils imposent à nos pensées des directions.
Ils se prolongent, agissent, se matérialisent en nous. Nous
sommes l'écho vivant de leurs espoirs.*

*« L'homme est un aveugle qui va dans le droit chemin »,
a dit le sage de l'Ecadémos.*

*Heureux si, dans ses ténèbres, une flamme infaillible
ainsi le conduit! Obéissons-lui. Soyons dociles à nos*

morts, si tel est notre destin. *La terre promise est au fond
de nos pressentiments. Foulons les ruines, les bonheurs
détruits, les cités mutilées. Marchons d'un pas léger sur
les tombes fraîches, sur les reliques du passé. Mais ne
nous arrétons jamais ! Que nos gestes s'apparentent à
ceux des ruches éternellement pillées, à ceux des enfants
que je vis à Louvain, sur le bord de la route, racler et
mettre en tas les briques du foyer détruit : pur symbole
des vertus de notre race.*

Au bout de notre effort apparaît la terre promise, la
cité ressuscitée. Aucun de nous n'y entrera peut-être. Mais
c'est d'un noble cœur de tenir pour rien ses souffrances
si, parvenu au sommet de la douleur, il a, par ce moyen,
porté plus haut ses espérances et la certitude apaisante
qu'elles mûriront dans la joie de ceux qui viendront après
lui.

25 décembre 1917.

# LA LEÇON DES MORTS

## UNE DISCIPLINE NATIONALE, OU BIEN PÉRIR

« Une lutte gigantesque, comme celle à laquelle
nous assistons, est le moment de crise le plus terrible
que notre vieux monde aura connu. Or, les moments
de crise produisent un changement et un redouble-
ment de vie chez les hommes. La vieille société se
dissout et se recompose. Les traditions démodées
descendent au creuset de la réalité, y disparaissent
et en ressortent parées et ceintes d'une armure
neuve. La lutte des deux génies, le choc du passé et
de l'avenir, le mélange des mœurs anciennes et des
nécessités nouvelles forment une combinaison qui
ne laisse pas un moment de répit. Les passions et
les caractères exaspérés par la lutte se montrent
avec une énergie qu'ils n'ont point dans la cité
pacifique et bien réglée... »

La cassure est aussi nette entre hier et aujourd'hui
qu'aux temps si traversés qu'évoque en ce raccourci

Chateaubriand. Déjà ce monde, où nous respirions hier, entre dans l'histoire, appartient au passé. Il nous semble étranger comme un steamer qui, nous ayant déposés sur une rive inconnue, s'éloigne à jamais, dans les grisailles, au loin. Nous n'en sommes que mieux prédisposés à le comprendre, à le tenir tout entier sous le regard, à le saisir dans ses caractères, à le soumettre à une analyse sereine, et parfois cruelle, à le juger en un mot.

Il arrive souvent qu'une âme, arrivée au terme de ses luttes, embrasse d'un coup d'œil sa destinée et, dans une douloureuse intuition, saisisse nettement l'ordre exact, la logique implacable, l'indestructible unité qu'imprime en tous ses actes un mélange humain d'erreurs et de nobles impulsions. Pareillement, sur les ruines d'un monde, que je limite à mon pays, j'entends départager ce qu'il y a d'imputable en nos désastres à la psychologie collective, au régime effondré, en priant ceux qui nous forgeront un *credo* demain de ne détourner jamais les yeux de ce tableau, tracé dans un souci aigu, parfois cruel, de vérité stricte, comme le diagnostic sincère d'un être cher.

# I

## Les éléments constitutifs de la Belgique contemporaine.

Ce qui est utile à l'essaim est utile
à l'abeille.

MARC AURÈLE.

« Nos pères ont mangé des fruits verts, fut-il écrit,
et nous avons les dents agacées. » Nous ne sommes
pas comptables personnellement du naufrage auquel
nous assistons. Il faut remonter aux origines de la
Belgique contemporaine, afin de surprendre, en
même temps que l'orientation de l'esprit public, ses
éléments constitutifs, la source actuelle de nos
maux. Or, c'est à la fin du xvi° siècle que se recompose, à travers mille obstacles, avec des éléments
en lutte hostiles au fusionnement, la Belgique contemporaine.

Atteinte au vif de ses aspirations, crucifiée dans
son idéal, elle-même était tiraillée. D'un peuple, la
Réforme en fit deux ou trois qui se combattent à la
lueur des autodafés. La Flandre avait penché forte-

ment vers la Réforme. La masse ouvrière y était acquise. Elle entendait, comme Rabelais, fonder la foi profonde par la volonté, façonner sa morale à la mesure de ses besoins, de ses moyens d'action, à sa vision concrète des choses. Déjà dans les caves des Lollards, des Beggards, les tisserands du xiv<sup>e</sup> siècle cherchent à leurs droits, dans l'inspiration personnelle, un asile inviolable.

La question religieuse exprime toujours ici un aspect de la question sociale. Ce qui n'empêche point de rallier autour de chaque doctrine ceux qui voient en elle la synthèse consciente de leurs aspirations. La pacification de Gand est un pacte défensif ayant pour principe une éclatante affirmation des droits de la conscience individuelle, de la dignité humaine. Par-dessus tout, la Flandre entend ne pas ployer le genou devant le même autel que ses bourreaux. Dès 1561, les chambres de rhétorique se déclarent solidaires, à Anvers, des principes de la Réforme. De proche en proche, les troupes du Taciturne ont gagné Bruxelles. La bourgeoisie révoltée y terrorise les États-Généraux. Mais, sauf la principauté de Liége, étrangère au conflit, au surplus engagée en d'autres liens jusqu'à la Révolution française, les provinces wallonnes, indifférentes à ces sursauts de révolte, hostiles à ces élans de foi, unies d'ailleurs à Farnèse, enraient la contagion de prosélytisme qui

reflue sur Lille, Valenciennes, Armentières, Hond-
schoote et jusqu'au cœur des châtellenies romanes
du Comté. Bien pis, le parti wallon des *Malcontents*
déchaîne en Flandre des bandes armées, dragonne
la campagne. La confusion règne partout, la misère
aussi. Dès 1586, le duc de Parme — un témoin peu
suspect, nota ceci :

« En Flandre, en Brabant, on n'a pas ensemencé
les champs. Bruges et Gand ne sont rien moins que
dépeuplés. La disette de grains est excessive et la
cherté des subsistances augmente chaque jour. » Il
presse Philippe II de le secourir, l'armée étant
perdue, s'il n'envoie rien.

Après quatorze ans de guerre, on en connut les
effets. Un tiers de la population flamande gît dans
la cendre des bûchers et sur les champs de bataille ;
un tiers s'exile ; un tiers est socialement annulé,
ruiné, vaincu. L'Espagne avait pratiqué de terribles
hémorragies : cinquante mille martyrs avaient péri.
Le duc d'Albe, en moins d'une année, en fit suppli-
cier dix-huit mille et, parmi ceux-ci, des héros nationaux, le bourgmestre d'Anvers van Straelen, les
comtes d'Egmont, de Hornes. Soixante mille familles
émigrent, les consciences invaincues, les caractères
inflexibles, les cœurs indomptés, les esprits les plus
fiers qui cherchent un abri à leurs irréductibles espoirs. Ils emportent avec eux l'avenir. Avec eux

aussi les capitaux, les comptoirs, les maisons de commerce importantes. Le pays en est découronné. La Hollande, insurgée, les accueille en frères, les traite en citoyens, s'en fortifie. L'exode est irrésistible. Il emporte en son torrent jusqu'au peuple, fidèle aux *gueux*. Et c'est la poignante infortune des terres opprimées : la désertion d'humbles foyers, qui s'éteignent à jamais sous le ciel flamand. Rien qu'à Anvers, quatre mille tisserands vont à Londres. Beaucoup passent en Hollande. De 1580 à 1581, le mouvement d'expatriation, à Harlem, est de six à sept cents familles. L'une de celles-ci, originaire de Malines, traîne après elle un admirable enfant, Frans Hals. Les chambres de rhétorique, ouvrières de la Réforme, se transplantent en masse. Entre l'exil et la soumission, elles eurent vite fait leur choix. Anvers perdit la moitié de ses habitants ; Bruges et Gand, les deux tiers. Anvers fut mis à sac trois jours durant ; sept mille bourgeois furent massacrés ; l'incendie dévora cinq cents maisons. Sir Dudley Carleton, traversant Anvers en 1616, le trouve presque vide, n'ayant jamais vu « quarante personnes dans toute une rue ; pas un carrosse, ni un homme à cheval, pas un acheteur dans une boutique. » « Dans la principale rue de Gand, observe-t-il, deux chevaux paissaient l'herbe. » Bruges est irrémédiablement déchue. Nombre de maisons sont inoccupées. Le brugeois Siger de Maele, en ses *La-mentations*, donne une voix au désespoir public, avec de vraies larmes sur la mort de la Cité.

« Mon Dieu, ayez pitié de ce peuple, » gémissait le Taciturne.

Nos provinces, que l'excès de leurs maux ramène à une meilleure appréciation du lien qui les unit, vont se révolter, lorsque Philippe II, en 1599, les détache « en masse indivisible » de ses États et en cède à l'Infante Isabelle la souveraineté. « Philippe craignait, souligne le cardinal Bentivoglio, que toutes les provinces ne secouassent le joug, de concert, s'il ne prenait cette mesure. » « Les Espagnols ne firent jamais mieux, » remarque l'ambassadeur de France; « il était impossible qu'ils se maintinssent dans le pays sans lui donner cette nouvelle forme, car tout allait se soulever. » Les Pays-Bas, dits catholiques, ont alors l'illusion, d'ailleurs bienfaisante, d'une reprise de vie autonome. Dès 1600, les États-Géné-raux se réunissent. On exhume la vieille Constitution, presque intacte apparemment. En réalité, les cadres sociaux, soumis à une sévère épreuve de contrôle, éclatent de toutes parts, sous la pression de ran-cunes anciennes, de convoitises débridées, de senti-ments contenus, en quête d'une issue et prêts à se la frayer.

*
* *

Tout d'abord, la haute noblesse est inexorablement
écartée. Les habiles, que la prudence, aux heures
troubles, indécises, avait rejetés dans l'ombre, repa-
raissaient, l'audace au front, avec des gestes résolus,
des airs offensés, se détournaient d'elle, irréconci-
liables désormais. Par une fière intransigeance, l'attitude accusée de beaucoup de ses membres était
empreinte en haut relief dans tous les esprits. D'autres, balancés entre leurs convictions et leurs intérêts par des volte-face inopportunes, indisposaient
contre eux les deux camps ennemis. Certes, on lui
concédait, à cette noblesse, des prérogatives, des
droits de redevance, une certaine franchise d'impôts,
voire des privilèges de juridiction. A vrai dire, on fei-
gnait de les ignorer. Certes, aussi, le système féodal,
applicable au régime de la propriété nobiliaire, était
toujours accepté : droit d'aînesse, de substitution, de
retrait lignager, etc... Mais nulle, en fait, en était
l'influence. Aux États de Flandre, elle n'avait plus le
droit de siéger. Une vindicte implacable évinçait d'ailleurs, dans une même répudiation, les nobles (1) et le

---

(1) C'est le lieu de rendre hommage à la belle attitude de
notre noblesse en cette guerre. Que de traits d'héroïsme on lui
doit! C'est la jeune comtesse de Jonghe d'Ardoye qui trouva

peuple, les *gueux* et les artisans, unis naguère dans une même auréole, rejetés à présent dans un même discrédit.

Car le peuple, et j'entends par là *le commun*, était le véritable vaincu; vaincu déjà depuis soixante ans par une crise économique dont des circonstances harcelantes ne lui permirent pas de se dégager, vaincu dans sa technique professionnelle, vaincu dans sa foi sociale, dans son statut, enjeu de luttes âpres et sans merci. Le sacrifice était entier. De bonne heure, il avait appris que les lois ont un sens différent, selon qu'on les impose ou qu'on les subit. Aussi le pouvoir fut-il, en Flandre surtout, sa passion : il en fut la proie, l'organe de prédilection, parfois le jouet. Refoulé durement dans ses corporations, en 1453, en 1540 notamment, comme un fauve, il en bondit à la première occasion, en 1477, en 1539, après la pacification de Gand, restaure intégralement les dispositions souvent surannées de son ancien statut (1).

---

ce mot fier, adorable, immortel, payé de sa liberté. Un officier allemand lui enjoignant d'enlever de son corsage une effigie du Roi, *un roi sans royaume*, ricanait-il, elle le cingla de cette apostrophe vengeresse, inspirée : « Mieux vaut un roi sans royaume qu'un empereur sans honneur. » Don de l'âme, joyau de notre histoire, d'une frappe si pure, et que tous les Belges ont dans le cœur !

(1) Lamartine écrit fort justement : « En France, la liberté était une conquête, en Belgique elle était une habitude. »

A la longue, il dut bien lâcher prise, abandonner
à ses adversaires une influence sociale, désormais
sans contrepoids. Car, qui se fût avisé de disputer à
la haute bourgeoisie une prééminence que le régime
du privilège allait rendre définitive !

Dans les provinces wallonnes, au contraire, la force
égale des intérêts assurait à toutes les classes un
meilleur équilibre, une certaine stabilité, un partage
équitable de la puissance politique, à l'abri, par là,
des brusques alternatives et des coups de force. Le
choc y fut amorti. La démocratie liégeoise, étrangère
à ce moment à la vie de notre pays, eut encore, au
XVIIe siècle, de beaux accès de fièvre politique (1).
Elle ranime un instant, chez nous, des espérances à
demi consumées.

A vrai dire, une véritable révolution économique
atteignait l'artisan au vif de son existence morale, et
depuis soixante ans. Elle remettait en cause des principes éprouvés par trois siècles d'aisance. Le capita-
lisme, le libre-échange, une merveilleuse adaptation
des forces productrices à de récentes exigences
avaient permis aux draperies anglaises (2), en dépit
de droits prohibitifs, d'évincer nos tissus sur nos
propres marchés. La grande industrie n'y put tenir.

---

(1) Cinq bourgmestres, de 1649 à 1684, montent à l'échafaud.
(2) *Kerseyes* de Sheffield, Birmingham, Manchester.

L'industrie urbaine, rétive aux progrès de la technique, de l'outillage, en subit le contre-coup. Il y eut en elle comme une impuissance à mûrir, à se renouveler. Le régime du privilège, à la longue, en avait pétrifié les ressorts. La petite bourgeoisie s'y raccornit en des tâches infécondes, en de minces profits. La corporation est pour elle comme une tour urbaine, avec des privilèges distribués aux étages, occupés par les doyens, les jurés, les maîtres, la multitude des petits patrons : l'artisan est sous leurs pieds, refoulé, coincé, étroitement assujetti, enfermé dans le métier comme dans une geôle, sans illusion sur son sort, sans échappée sur la maîtrise, devenue héréditaire, et que rendait du reste inaccessible une taxe exorbitante. Au moins y avait-il une place que l'industrie rurale, accueillante aux méthodes importées, allait lui mesurer parcimonieusement. Loin des centres, où tout désormais se stérilise, elle attire au plat pays ceux que la tourmente a déclassés. Masse inorganique, errante, inquiète, et qui se caractérise par tout ce que suppose de noire incertitude un prolétariat. Dévoratrice d'énergies, l'industrie rurale rejette ce reflux social hors du droit commun (1), dans une condition voisine de la mort civile, avec un

(1) Les franchises municipales étaient une conquête sur le droit commun.

salaire infime et des exigences illimitées. Du coup,
la détresse ouvrière fut sans nom. Le joug du besoin
avait brisé sa fierté. « Aux choses qui te sont jusqu'ici advenues, nous restons étrangers, lui garan-
tissait la Commune en l'adoptant; mais de ce qui
avant t'adviendra, nous te serons aydans, gardans
et confortans. » « L'importance de tes contributions
me fournit la mesure de ta nécessité, » semble à son
tour lui intimer l'État, tête sans âme, à la dévotion
des potentats. L'une ordonnait la production, distribuait les matières premières, réglait les échanges,
assurait les débouchés avec le souci libéral d'une
équitable rémunération des agents producteurs.
L'autre, au contraire, par l'abusif octroi de monopoles, fausse le libre jeu des lois de la concurrence
au profit de quelques privilégiés.

Au-dessous de la masse ouvrière, et comme à
l'écart, végétait l'agriculteur; notons-le en passant.
Sa misère, à vrai dire, était plus navrante encore,
étant vulnérable en tous sens, exposé de tous côtés
par son attache au sol, par ses biens précaires, hypo-
théqués de cent façons. Corvéable à merci, bête de
somme, proie d'élection de tous les aigrefins, il devait braver les orages sur place (1), subir une écra-

---

(1) *Manant*, dérivé de *Manere*, demeurer.

sante fiscalité, acquitter des droits seigneuriaux, la dîme, la taille, la capitation, se soumettre aux impôts forcés, razzias, extorsions, réquisitions de gens de guerre, à tous les caprices de mains cupides, enfin, auxquelles le livraient sans cesse un régime inintelligent, un pouvoir sans autorité. Sur sa misère, Breughel a recueilli une profusion de témoignages cruels d'observation directe. Dans ce long calvaire, il y eut une trêve et comme une éclaircie au xvi⁰ siècle. L'élevage, ayant transformé la campagne en une région d'étables et de métairies, y répandit une éphémère aisance. La guerre religieuse en annula vite les bienfaits, anéantit le cheptel, déprécia les valeurs, fit retomber pour cinquante ans aux soins de la petite culture le rural souvent ruiné, réduit à un demi-servage, obligé de louer ses bras vaincus, mais dressé contre un âpre destin, farouche, opiniâtre, intarissable de bravoure innée. L'excès de ses maux pourtant, à la fin du xviii⁰ siècle, arma son désespoir contre l'étranger. Mais du moins la crise sociale du xvi⁰ siècle évoluait en dehors de lui. Sa personnalité civile effacée restait au-dessous de la tourmente et, du point de vue politique, il n'avait rien à perdre, n'ayant jamais compté.

\* \*
\*

L'ascendant passait du peuple à la haute bour-

geoisie. Sans lutte, elle héritait de toutes les infor-
tunes et de la définitive élimination de la démocratie.
Le prince était l'allié naturel de ses représentants. Il
poursuivait, à leur profit comme au sien, la rude in-
corporation des villes à l'Etat. C'était sa clientèle et
son plus ferme appui. Depuis que le pouvoir glissa
de leurs mains, en Flandre, ils ne cessaient d'en
appeler de leurs mécomptes à sa personne souveraine. Enfin, des vicissitudes sans nombre offraient
une décisive occasion de revanche, ardemment saisie,
et, par surcroît, la récompense de leurs obligeants
offices, sans qu'ils eussent rien tenté de précis pour
l'obtenir; nous y insistons : le prince épousait leurs
vues par une conformité d'intérêts.

En Wallonie où les forces en présence avaient
réussi, dans la Commune, à se contre-balancer, la
haute bourgeoisie, en tant que corps dirigeant, fut
une nouveauté. En Flandre, au contraire, la *poor-*
*terij*, née du commerce aux origines, avait de bonne
heure assuré la direction des affaires, bien qu'elle en
fût écartée depuis. Elle n'en fut pas moins le stable
embryon de la nouvelle classe en crédit. A n'en pas
douter, les rejetons actuels n'étaient plus que de timides échos de ces grands bourgeois du xiii° siècle,
de ces *heren* au verbe haut, sûrs d'eux-mêmes, pliés
à des calculs suivis, fermes en leurs desseins, imbus
de leur force, supérieurs à toute crainte, installés

dans leurs franchises, obstinés à les élargir, intraitables sur ce point, novateurs, hardis, passionnés de pouvoir, d'autorité, et qui, pour trois siècles, avec la plus magnifique ampleur de génie, avaient assis les fondements de la société communale, ainsi qu'une massive architecture, et tracé d'une main sûre et magistrale le cadre où la démocratie a vécu. Puis, du xive au xvie siècle, en Flandre, cette *poorterij*, amoindrie, écartée de la direction, s'accommode des miettes du pouvoir, boudeuse, repliée sur elle-même, à l'écart, distante, ombrageuse encore, épiant les occasions de revanche, dissoute et tantôt reconstituée en tant que corps social, comme à Gand, au gré des circonstances, accueillie avec réserve alors au Grand Conseil, à la place mesurée des vaincus, et comme une concession, après l'un de ces fréquents orages où certains métiers, armes au poing, évinçaient des compétiteurs. Elle exécrait le peuple, à cause de sa violente hégémonie. A Cassel, à Gavere, elle s'écarta de lui, le laissa écraser.

Mais ce *poorter* ne fut qu'un élément du nouveau monde, en fusion depuis près d'un siècle, à vrai dire : La crise actuelle n'en fit que précipiter la maturation. La haute bourgeoisie, en Wallonie comme en Flandre, était le produit de la fermentation, de l'amalgame de bien d'autres éléments, divers et bigarrés. Tout d'abord les parvenus de toute espèce, les licenciés,

les grands propriétaires fonciers, les capitalistes en-
richis dans le commerce et l'industrie rurale. Puis,
donnant moins de prise à l'accident, avec des caractères stables et mieux affirmés, la petite noblesse
féodale, absorbée par les anciens patriciens, c'est-à-
dire les rentiers, les *hommes héritables*, qu'avait
anoblis en grand nombre un expédient de la Tréso-
rerie espagnole, toujours aux abois.

Enfin, une aristocratie d'Etat, les gens de robe issus
de l'ancien patriciat urbain et du grand négoce et
dont les mariages dorés, les multiples alliances avec
la petite noblesse féodale, en répartissant la fortune,
avaient consolidé les hauts lignages, affermi une
influence attentive à s'étendre, soutenu les ambitions, ouvert la carrière à tous les offices de tréso-
rerie et de judicature, héréditaires entre leurs mains,
grâce à leurs deniers : car toute charge était mise à
l'encan. Depuis la Haute-Cour de justice, la Chambre
des comptes, le Conseil d'Etat, les bailliages jusqu'à
l'échevinage, haute magistrature abaissée aux con-
venances princières, c'est dans leurs rangs que se
recrutaient tous les emplois. A leurs membres,
allaient aussi toutes les prébendes, et notamment le
lucratif affermage de la perception des droits du fisc,
des accises urbaines et des tonlieux. Lente prise de
possession de tous les postes de l'État. Ces lignages
en tous sens ramifiaient leurs tentacules, atteignant

les objectifs les plus divers. Tout s'y liait par des
attaches invisibles, de discrets cousinages, de mysté-
rieuses affinités. Les capitalistes, en artisans de ruses,
en usaient de mille façons. harcelant l'ordre établi,
visant au plus droit, avec une fièvre inquiète, obsédés de formules ingénieuses où se trouvent engagés
les gros intérêts du temps et dont ils font un infati-
gable essai. En fait, ils expropriaient de leurs privilèges les *moyennes gens* par des entreprises obliques
d'accaparement. Le scandale des brasseries anver-
soises, en crevant à la surface, au xvi<sup>e</sup> siècle, indiqua
déjà la force interne d'une sourde ébullition. On connaît les faits. Les Van Dale, les Schetz, d'autres encore avaient commandité, dans le nouveau quartier
de la métropole, un ensemble de vingt-quatre brasseries que desservait un engin hydraulique, inventé par
l'ingénieur van Schoonbeke. Interdiction fut faite, à
leur instigation, de brasser cervoise ou bière au sein
de l'ancienne cité. L'effet en fut prompt : les métiers se jetèrent sur leurs armes ; le décret fut rap-
porté. Mais, dès ce moment, la corporation sentait à
quels chocs sans merci succomberaient à la longue
les principes sur lesquels elle avait vécu.

Enfin la société ecclésiastique, à côté de la haute

bourgeoisie, se fait une place égale, sinon prépondérante, étant l'organe de la contre-réformation catholique, qui caractérise à tous égards le régime nouveau. A vrai dire, une même inspiration unissait les
deux mondes : le haut clergé, recruté dans la haute
bourgeoisie, était imbu de ses préjugés, docile à ses
impulsions, toujours enclin à donner une valeur de
principes à ses intérêts. Par-dessus tout, il était
l'attentif artisan, l'implacable auxiliaire de la réaction catholique, attaché aux pratiques étroites de
l'orthodoxie, à la stricte obédience, à la soumission
sans réserve. Longtemps décrié dans ses plus humbles
acolytes, à cause de leurs mœurs, objet d'épigrammes
sans nombre, il avait, par des réformes tranchantes
acquis un réel ascendant. Le clergé régulier fit peau
neuve. Les Frères mineurs, les Sœurs noires s'inféo-
dèrent à d'autres Congrégations. Une légion d'Ordres
monastiques espagnols se réfugièrent à peu de frais
dans les immeubles vacants, les hôtels déserts des
émigrés et des proscrits, accueillis, encouragés par
les archiducs, pourvus de prébendes, comblés de
privilèges, accablés de dons (1). Il y en vint de toutes

(1) Sans préjudice des droits acquis : les exemptions, la dîme,
la juridiction sacerdotale. On y ajouta la lourde imposition
des logements ecclésiastiques. Déjà le clergé, en Flandre, avait
été renforcé : Gand, Bruges, Ypres, à la fin du xvie siècle,
étaient devenus des sièges épiscopaux.

espèces : Récollets, Carmes réformés, Minimes de
Saint-François de Paule, puis les Conceptionnistes,
les Visitandines, les Carmélites; puis une nuée d'An-
nonciades, de Thérésiennes, d'Ursulines; enfin le
flot dominateur des Jésuites. Ce fut un débordement,
une emprise exorbitante à l'intérieur des cités.
Bruxelles devint le siège de trente-deux couvents : le
nombre en dut être limité et l'objet d'un contrôle attentif. Qui s'en étonnerait! Le culte est devenu l'instrument de règne, aiguisé par le fanatisme, et que résume en lui l'archiduc Albert, archevêque de Tolède,
grand inquisiteur d'Espagne, relevé à trente-sept ans
de ses vœux pour épouser sa cousine Isabelle, fille de
Philippe II. De la fresque ecclésiastique que com-
pose en Belgique la contre-réformation, il est la clef
de voûte, la figure centrale. Il l'explique, l'inspire et
la domine tout à la fois. Il en est le commentaire
vivant. Despote par nature, sectaire par éducation,
conquistador des âmes à *l'espagnole*, c'est-à-dire *ferro
et igni*, distant, sombre, *ennemi du rire*, a-t-on noté,
voué à des passions théologiques, indéchiffrables
pour nous; avec cela cultivant des instincts décoratifs, le goût du beau, de la magnificence, voire un
certain sens du bien public, pourvu qu'on acceptât
la formule escuriale du bonheur. Son profil, médiocre en Espagne, prend de l'accent sous nos grisailles parce qu'il est transplanté, peut-être aussi

parce qu'il dispose de puissants moyens. « C'est chose digne de remarque, constate un contemporain, en effet, que depuis la venue des archiducs, il s'est fait plus de nouvelles fondations qu'en deux cents ans auparavant. »

Les archiducs firent construire plus de trois cents églises : une seule, Notre-Dame de Montaigu, coûta deux millions de francs. Cependant les écoles confessionnelles, à l'instigation des Jésuites, se multipliaient. A la fin du règne des archiducs, les révérends pères avaient en Belgique trente maisons professes et trois cents collèges.

Vers toutes ces églises et ces instituts, un monde d'ecclésiastiques poussait le peuple enfin dominé. La Flandre, à demi calviniste, avait plié durement le genou. Un clergé autoritaire avait repétri sa pensée. La scolastique achevait de stériliser les ardeurs de sa raison et de rendre définitive, au sens strict des théologiens, *la ligature des facultés.* « Il faut couper le membre « malade », avait conseillé Juste-Lipse. L'opération chirurgicale était faite. On s'attaquait à l'âme à présent. On sentait bien qu'on ne peut broyer l'homme, tant qu'il oppose aux inimitiés du sort l'extrême activité du cerveau, le victorieux coup d'aile d'une intelligence intrépide et délibérante.

Or, le peuple eut toujours ici une vive intuition du sens humain des choses sacrées et comme un besoin de concilier dans sa foi l'éternel conflit des convictions et des intérêts. De quelle âme il épousa les doctrines assorties à ses secrètes aspirations! De quel élan il recherchait en elles un appui au libre essor de sa foi démocratique! N'est-ce pas dans leurs caves que nos tisserands du moyen âge empruntèrent aux Lollards les puissances mystiques à la magie desquelles ont mûri les idées qu'on retrouve avec eux plus tard au sommet de la société communale? Une fièvre identique, au xvie siècle, en fit des Iconoclastes, des Anabaptistes, des fiancés de toutes les doctrines où s'allume une espérance, où tremble un mot d'amour, surtout de celles appelées à faire revivre, en son principe intime et vrai, l'idylle évangélique, dont Joachim de Flore et le divin *poverello* d'Assise enchantaient l'attente et le soupir des démocraties.

Ah! qu'on était loin de la doctrine idéale et réelle des origines! Et qu'elle était corrompue sous la main de ses dépositaires! « Les mêmes plantes nourrissent l'abeille ou la vipère, écrit Chénier; dans l'une elles font le miel, dans l'autre le poison. » Il y parut ici. Le christianisme avait revêtu trois aspects qui le rendaient méconnaissable aux sincères adeptes de « la religion du cœur ». C'est tout d'abord le culte du *Dies iræ*, l'intransigeante universalité du fanatisme espagnol. Puis, une nuance de jansénisme, issue du sol flamand, mais vite déviée et qui, comme le releva

Sainte-Beuve, « retranchée dans les parlements, pra-
tiquait dès ici-bas la fatale et lugubre doctrine sur
la grâce. moyennant ses bourreaux, ses questions,
ses tortures, et réalisait, pour les hérétiques, dans
les culs de basse-fosse des cachots, l'abîme effrayant
de Pascal. » Ces deux tendances, à vrai dire, n'en
firent bientôt plus qu'une, tant elles vinrent se
fondre en l'orthodoxie tracassière et soupçonneuse
de l'archiduc. Sous son règne, en effet, s'achevèrent
les terribles épurations (1). Une de ses ordonnances
édictait, pour délits d'opinion, la peine de mort contre
les *femelles* (je transcris) à partir de douze ans, contre
les *masles* à partir de quatorze ans. Des localités
entières durent à ces répressions leur dépeuple-
ment (2). En 1664, le conseiller fiscal de Flandre en
étalait les cruels ravages au long d'un rapport qui,
dans sa troublante concision, va plus vite aux entrailles que l'accent personnel d'un cri de douleur.

A côté de ces deux tendances coërcitives en floris-
sait une troisième, importée par les Jésuites, ondoyante, insinuante, ouverte à l'indulgence, assouplie
aux délicates exigences d'une casuistique, illuminée
de finesse, familière avec tous les replis du cœur
humain. Elle semblait dire à la dérobée : « Voyez :

(1) En 1613, à Ruremonde, soixante-quatre victimes furent
exterminées deux par deux.
(2) *Belgisch Musœum*, t. VIII, p. 116.

je viens au devant de vous. Sur le chemin de Damas,
j'ai fait les deux tiers de la route. Les *Exercices spi-
rituels* du subtil Ignace offrent d'infinies ressources,
assorties à toutes les nuances des cas imprévus. Le
culte, ainsi que je le comprends, n'est point fait pour
des bigots moroses : il ne s'adresse qu'aux gens
d'esprit. Facile absolution, maximes flexibles, accom-
modements ingénieux et, sur la stricte observance
des règles, la plus fine distraction. En outre, il comporte des cérémonies, de jolis spectacles sacrés, voire
une pompe sacerdotale, une esthétique accueillante
au libre jeu de vos inventions, prête à recevoir le
sceau de votre génie et, comme un prisme, à refléter
les teintes exactes de votre sensibilité. A part cela,
bien vivre et laisser vivre est mon précepte essentiel.
Assoupissez-vous en moi (1). »

Le catholicisme, accommodé de la sorte en Belgique,
a trouvé de l'écho. La démocratie liégeoise, au flanc
du pays, lutte encore, se refuse, presque tout au
long du XVII° siècle, à l'emprise de la contre-réformation. Cinq de ses bourgmestres, de 1649 à 1684,
montent à l'échafaud. Mais, là aussi, le peuple enfin
succombe. Le rêve, applicable et si mesuré, de voir
ranger la cité épiscopale au nombre des *Freie*

---

(1) Ce qui n'empêchait nullement le père Rémigius d'avoir
voué au feu, en cinq mois, *cinq cents complices du démon.*

*Reichstädte*, des villes libres de l'Empire, en fin de compte échoua : la réaction ecclésiastique avait brisé le *perron*.

\*
\*  \*

L'étroite alliance du sacerdoce et de la haute bourgeoisie a, pour près de trois siècles, assuré de la sorte, contre les autres citoyens amoindris, la domination d'une classe intransigeante, ankylosée dans ses traditions, et qui gouverne à son avantage, au nom du pays. Sans contrepoids, elle exerce *l'imperium*, c'est-à-dire, au sens romain du mot, la plénitude de la puissante politique. Croire qu'elle y associât le souverain serait méconnaître ses véritables impulsions. Elle feint de se plier à ses indications; en fait, elle le domine, le dirige : s'il résiste, elle le brise comme Joseph II. A merveille elle exploite ses convictions au profit de ses. intérêts. Ses interventions despotiques impriment aux événements de trois siècles un caractère invariable.

Alexandre Stanhope, ambassadeur britannique à Madrid, en révèle une notamment, assez peu connue. Charles II, en 1692, au cours de l'invasion française, assure-t-il, conçut le projet d'abandonner les Pays-Bas, dits catholiques, alléguant que l'Angleterre et la Hollande avaient plus d'intérêt que l'Espagne à les défendre. Les prêtres, alors consultés, s'opposèrent, ainsi que le rapporte Stanhope, « à ce que fussent livrés tant de fidèles croyants à l'autorité absolue et sans contrôle d'un gouvernement schismatique (1) ».

En 1797, la Révolution brabançonne éclate au cri de *Pro aris et focis ! Pour nos autels et nos foyers !*

En 1830, la bourgeoisie cléricale, évincée par une cour calviniste, trouve enfin dans le désespoir d'un peuple, outre des griefs certains, une occasion de revanche à des privilèges alarmés. Elle n'y voit pas autre chose.

Les mêmes éléments sociaux, constitutifs, avec de ci de là des variantes, des nuances, des réserves que nous préciserons, forment en définitive un fond stable et médiocre à la société. Un régime inintelligent y barre obstinément la route à l'avenir, masque de légalité les privilèges d'une classe agissante, réactionnaire, intraitable, à laquelle il transfère les droits de la collectivité. Il en résulte à la longue dans les âmes, énervées par des maux trop continus, une lente usure, un affaissement certain ; peu à peu s'y incruste, et sans espoir de détente, le pli douloureux d'un définitif désenchantement. Le ressort moral plie, se brise. Le tempérament, d'une si forte

---

(1) *Spain under Charles the Second*, from the Correspondence of Alexander Stanhope, british minister at Madrid.

trempe, enfin s'abandonne. Il n'a pas la sève amère, les pénétrantes humeurs, ce farouche désespoir, dont sont dévorés, tourmentés un Dante, un Michel-Ange surtout qui, même écrasé, vaincu, lorsqu'il reploie dans le sommeil de sa Vierge les ailes frémissantes de sa grande âme offensée, lui murmure encore : « Il m'est doux de dormir et plus encore d'être de marbre ; tant que durent ces temps de bassesse et de honte, ne pas voir, ne pas sentir, tel est le bonheur. » Ces sursauts de révolte, on les connut pourtant chez nous plus qu'ailleurs. L'oppression fit naître ici jadis de grands caractères. Mais le pays, vidé de ses meilleurs éléments, cherchait enfin dans le bonheur facile du sanguin ou dans une lymphe funeste le factice apaisement d'une vile soumission. Le despotisme ecclésiastique avait courbé sous son joug étroit une pensée lasse, avide de paix intime à tout prix. Quelle douleur de voir ainsi les gens de son sang, stérilisés dans la libre activité de l'esprit, se priver désormais d'atteindre le vrai au bout d'un raisonnement ; renoncer « à se servir de leur propre pensée pour croire, comme de leurs jambes pour marcher » ; cesser d'être des hommes enfin par le cerveau ; bref, « ensevelir, comme a dit Spinoza, leur raison vivante sous le poids d'un livre mort ! » Il n'est pire renoncement. Tous ceux qui, alors, préférèrent à leur foyer l'exil, savaient bien que la noblesse de l'homme est

dans les aventures de son intelligence et de son
cœur, dans les mille détours d'une pensée intrépide
par où se fonde l'expérience. Ayant goûté le fruit de
la pensée, ses saveurs âpres ou douces, l'homme y
revient sans cesse avec ivresse ou avec douleur, mais
sans que se ralentisse en lui l'élan de ses curiosités;
et c'est pourquoi son masque, creusé par la réflexion,
chargé de fièvre et de passion, nous touche infiniment plus que la quiétude inexpressive des croyants
et des dévots. Certes d'aucuns ont voulu voir dans
cette quiétude alliée à un bon sens un peu court,
l'une des caractéristiques de notre physionomie nationale. (1) Cruelle injure aux aïeux! Ce n'étaient pas
des *gens prudents*. C'étaient de fiers mâles au front
d'airain. C'est d'eux que Balzac put écrire « qu'ils
mouraient bourgeoisement et sans éclat pour les
intérêts de leur hanse ». Mais ils mouraient aussi
pour une idée. Ils la portaient non sans grandeur sur
les échafauds. *Eer boven golt*, affirmait l'un d'eux.
*L'honneur prime l'argent*. La dignité humaine, le
culte inviolable de la conscience individuelle étaient
à leurs yeux choses à ce point sacrées qu'il y fallait

---

(1) Surtout des fils d'étrangers, des métèques qui, comme
MM. Wœste, Greindl, d'autres encore, étaient et sont à la
direction de nos affaires. Comment se fussent-ils avisés de
ces nuances? Nous n'avons ni le même sang, ni les mêmes
aïeux.

tout immoler, pourvu qu'elles demeurassent entières.
A la fournaise, ils jetaient, comme un Cellini, tout
ce qui s'offrait à leur généreux désespoir, afin que
leur pensée, inscrite dans le chef-d'œuvre de leur vie,
survécût du moins à leur désastre. La besace des
*gueux*, n'est-ce point le symbole éternel du sacrifice volontaire? Laissons là, donc, les aïeux. Ils ne
sont pas faits à notre taille. Car la Belgique, abaissée
par le despotisme au bout d'ailleurs, de trente-sept
ans de guerre, était arrivée au comble de la nullité
et de la misère. On s'était fait du consentement à la
servitude une lâche habitude heureuse qui ne voulait
plus être troublée, fût-ce par le mirage de la liberté.
On inclinait à une sorte de fatalisme qui, sous prétexte d'intelligence des choses, de mesure et de
sagesse, écarte les pensées viriles, les durs devoirs.
Le Belge, exempt désormais de passion, redoutait
par-dessus tout ce qui eût exigé de lui du caractère,
ou ce qui eût pu le détourner de la grossière matéria-
lité de ses jouissances. Petits profits, petites vanités,
petites gens. Les défauts mêmes étaient médiocres.
Houwaert avait, dans son fameux précepte : *Houdt
Middelmate !* (*Observe la demi-mesure*) exprimé en
deux mots toute cette philosophie du renoncement. Il
ne s'agit nullement ici d'ordre exact, du *rien de trop*
hellénique, des divines demi-mesures de la raison.
Houwaert lui-même, au lendemain des grandes orgies

de force du xvi⁰ siècle, invitait ainsi la race à se recueillir, à choisir un terrain d'attente, à l'abri des surprises de la lutte. Mais par une acception conforme au fléchissement des caractères, la maxime eut bientôt le sens imprévu de louvoyer, de biaiser, d'esquiver les solutions nettes. Elle prit la valeur d'une consigne nationale. Elle reste au fond de notre psychologie collective. Pour nous bien comprendre, il faut la tenir sous les yeux. Cet esprit nouveau fut le produit de la Belgique contemporaine, issue de la contre-réformation catholique. A son prisme, on saisit mieux la logique inflexible des événements, dont la catastrophe actuelle est une conséquence obligée.

## II

### Le régime avant 1830.

---

« Toujours les mêmes! »
(Correspondance de Marnix de Sainte-
Aldegonde.)

Nous l'avons vu : ce régime, en confisquant l'Etat
au profit d'un groupe, asservi à tous les préjugés, à
toutes les rancunes du passé, a corrompu la notion
du devoir. Une classe régnante a, par sa ladrerie, ses
indécisions, ses criantes inconséquences, compromis
deux siècles durant le salut du pays. Il faut lire à cet
égard l'*Apologie* du Taciturne, toujours si modéré dans
ses appréciations : on y voit déjà, marqués d'un trait
net, « ces jeunes gens qui étaient de si bonne maison
et descendus de si bons parents, si inconstants d'a-
voir mené la guerre contre lui et d'avoir servi pre-
mièrement le duc d'Albe, et puis après le Grand
Commandeur (Requesens) ; devenus après cela les
ennemis des Espagnols et depuis réconciliés avec
eux ». Écoutez encore : « Lorsque Don Juan vint au

pays, ils firent de même et s'opposèrent à lui, et puis
après ils le mandèrent près d'eux. Toutes ces grandes
inconstances, tranche-t-il avec humeur, méritaient
bien de grandes punitions. » La trempe du caractère,
l'énergie des passions donnent seules, en effet, à la
volonté collective une ferme autorité de direction.
Notre grand Marnix de Sainte-Aldegonde a, dans sa
correspondance, ce cri de rage étouffé : « Toujours
les mêmes ! dénonce-t-il au Taciturne. Ils ne sacri-
fient rien de leur argent ou de leurs intérêts à ton
entreprise, et si quelqu'un le fait, ils le méprisent,
ils le haïssent, ils le livrent, ils le vendent. » Comme
il les marque bien « ces effrontés usurpateurs de la
patrie, toujours prêts à la déserter quand leur avarice
le demande ! S'il faut délibérer, c'est leur affaire : ils
crient, ils aboient ; dès qu'ils ne comprennent pas,
ils calomnient ».

« Toujours les mêmes ! » Voilà la parole vengeresse qui monte aux lèvres en face des ruines encore
fumantes du pays. La plus poignante expérience de
la douleur n'a pu former ici des âmes occupées par
de petits intérêts. Les plus mesquins calculs y ont
pour masques le principe d'autorité et la raison
d'État. Au lieu de mœurs politiques, on n'a devant
soi que des cadres étanches, où s'épient des partisans, réactionnaires intraitables, hérissés les uns
contre les autres. Nulle intelligence d'ensemble : le

peuple est à la merci des événements et d'une faction impuissante à les dominer. Les hautes inspirations, les nobles essors, la force du caractère, tout ce qui élève l'homme au-dessus de lui-même est incapable de germer, de mûrir, de tendre les ailes dans une atmosphère empestée par de sordides intérêts.

La force d'un peuple est dans le progrès de ses institutions. Or, quand Joseph II entreprend de faire passer sur elles un souffle libéral, la bourgeoisie tout entière se dresse contre lui. On put s'y méprendre en France, et les esprits les plus fins (1) : un vif enthousiasme y accueillit le soulèvement de la Belgique. On prêtait aux prêtres un caractère démocratique, à cent lieues de leurs intentions véritables, alors que Joseph II, disciple de Raynal, épousait en plus d'un point les doctrines annonciatrices de la Révolution. Si bien que tout d'abord Camille Desmoulins intitula sa gazette : *Révolutions de France et de Brabant.*

En réalité, une orthodoxie jalouse, intransigeante, hargneuse écartait les forces morales ou intellectuelles entachées d'hérésie et dont elle redoutait l'indépendance et la fierté, sauf en cas de péril pressant. L'État pour elle est un miroir étriqué, fait à sa me-

---

(1) Le Directoire, en **1796**, fut mieux avisé, lorsqu'il fit prendre au collet **Van der Noot**, à Paris.

sure; rempli d'elle, il lui semble docile; dès qu'il reflète une nuance d'intérêt étrangère aux siens, elle le
juge infidèle et se montre prête à le briser. La Révolution brabançonne en fournit une preuve cruelle, et
de cet exemple on ne peut sans imprudence aujour-
d'hui détacher les yeux.

En 1789, un sursaut de colère unit la ploutocratie
cléricale aux éléments libéraux de la bourgeoisie. Des
rangs de ceux-ci se lève alors une admirable figure
de soldat, le colonel van der Meersch, dont une jolie
légende de bravoure illumine un siècle de misère et
de médiocrité. Quatorze blessures reçues au service
de la France. Vingt exploits sans pareils au cours de
la guerre de Trente ans. Avec un corps de partisans,
il s'était hardiment emparé d'Aremberg; puis avait
contribué aux victoires de Warle, de Hexter; enfin
il reçut sur le champ de bataille, outre la croix de
Saint-Louis, le brevet de lieutenant-colonel. Ce bon
stratège, à la première étincelle de la Révolution,
attire à lui quatre mille volontaires; de cette masse, il
fait une cohorte homogène où vit sa volonté; il la
jette toute frémissante à Turnhout sur les Impériaux,
les culbute, les taille en pièces, libère enfin le territoire. Et qu'advient-il alors? Ceci. La bourgeoisie
ultramontaine songe à prendre position. Son repré-
sentant Van der Noot, instigué par les jésuites toujours prompts, comme écrit Pascal « à corriger le

vice des moyens par la pureté de la fin », propose au
Congrès national une constitution aristocratique,
écarte les libéraux désormais inutiles, ameute, déchaîne contre eux une populace égarée qui en massacre un grand nombre. Leur chef, Vonck, n'échappe
que par la fuite à l'intervention du bras séculier,
disons mieux, à un holocauste inévitable, et le héros
national, le vainqueur de Turnhout, Van der Meersch
lui-même, est incarcéré dans une citadelle. Avertis de
nos zizanies, les Impériaux rentrent en nombre aussitôt et, comme a dit fortement Lamartine, la Belgique perdit la liberté avant d'en avoir joui. On croit
entendre un ironique écho des grandes voix d'outre-
tombe, celles des aïeux : « Toujours les mêmes! »
souligne encore avec colère Marnix. Et le Taciturne
d'apprécier : « Toutes ces grandes inconstances méritaient bien de grandes punitions. »

Désabusé par les événements, Camille Desmoulins
rature alors le mot *Brabant* dans le titre de sa gazette,
au n° 66, et déclare « abandonner un peuple assez
stupide pour baiser la botte du général Bender ». Le
mot *peuple* ici toutefois est de trop. Le peuple, à vrai
dire, était socialement annulé. Quelle fibre eût remué
d'ailleurs en lui une caste intransigeante, incapable
d'agir en vue de fins nationales ? Elle n'eût pu toucher
son cœur sans le froisser. Nul instinct généreux du
reste, nul sens social, aucun élan magnanime qui

porte à la répudiation des injustices et des misères.
La classe dirigeante fut souvent plus dure au peuple
que les despotes étrangers. Elle n'a de sensibilité que
pour ses intérêts. Lorsqu'en 1766, Marie-Thérèse mé-
dita l'abolition des pénalités afflictives, nos Conseils
de justice lui représentent que la « torture est indispensable pour arriver à la conviction des crimes capitaux ». On alléguera sans doute que ce sont là des
duretés, des égoïsmes habituels aux bourgeoisies,
dirigées par l'intérêt, figées dans la tradition Mais
où sont leur génie, où leurs vertus publiques, où l'hé-
ritage évanoui des hardis fondateurs de la Commune?
Sur quoi se fonde sa prépotence? Quelle est son
œuvre et quel son dessein? Voit-on surgir de ses
rangs, comme en Néerlande, cette lignée républi-
caine et fameuse de conducteurs qui, depuis Barne-
velt jusqu'aux de Wit et Heinsius, depuis l'amiral
Heemskerke jusqu'à Tromp et Ruyter, s'imposent à
l'Europe, dirigent les affaires et la guerre en potentats, en maîtres et en vainqueurs? Peut-on suivre à
la trace, au cours des derniers siècles, une seule
pensée, un seul dessein fortement médité et suivi?
Une classe régnante y a-t-elle, comme à Venise, assis,
pour onze siècles, son âpre ascendant sur une constitution, chef-d'œuvre d'intelligence politique? Ce qui
fait l'homme d'État, ou l'autorité d'une caste dirigeante, c'est à n'en pas douter le goût de l'action

utile, la géniale intuition, l'initiative hardie, la passion presque auguste du bien public, l'amour sincère
et profond de l'État, le fier sentiment de sa grandeur, par surcroît la force d'application, la poursuite
persévérante des résultats et, comme l'exigeait, des
fonctionnaires à Venise, une formule illustre, la volonté militante, présente au fond de toutes les pensées, « d'agir pour le profit et l'honneur de la République ». Rien de pareil ici. Il s'en faut. Dans la con-
duite des affaires, au cours de deux siècles, on ne
relève pas un nom.

*
* *

Des esprits préoccupés de réhabiliter le régime en
ont vanté les bienfaits sous le règne des Archiducs.
Il y eut là une demi-restauration, due, en définitive,
à la force innée du caractère, éprouvé par tant d'o-
rages, à l'optimisme aveugle de ce peuple *né pour
travailler et se priver*, comme ont noté les ambassa-
deurs vénitiens. Tristes fourmilières, ruches ardentes
où le labeur douloureux, tenace est la loi. Laborieuses, ingénieuses, patientes, économes, elles ferment vite leurs blessures, reprennent aussitôt le cours
de la vie. L'existence du peuple ici est, comme aux
origines, un perpétuel défrichement. Descamps, dans
ses notes de voyage, écrivait en 1769 : « La campagne, naturellement fertile, n'y est jamais oisive;

l'industrie des cultivateurs fait que le terrain le plus
ingrat, travaillé par leurs mains, rapporte comme le
meilleur sol. Aussi sont-ils réputés laboureurs habiles
et intelligents ; on en peut juger par la promptitude
avec laquelle ils réparent les malheurs de la guerre,
auxquels ce pays est si souvent exposé. » Qu'ont fait
les gouvernants pour développer ces vertus, trans-
mises avec le sang, et qui, sous la cendre, subsistent
encore ? En 1600, les États-Généraux se rassemblent
et décident des réformes : on restaure une constitution surannée, inapplicable ; le gouvernement devient
presque régulier. Mais, tandis qu'une orthodoxie
tracassière est aux aguets, la Hollande, avec le droit
d'asile, accorde le droit de penser. Le Grand Pension-
naire Jean de Witt y vante Spinoza. Bien mieux, un
simple tisserand de Rotterdam, Bredenburg, réfute
hardiment le *Traité théologico-politique* de Spinoza
lui-même.

On feint de croire aussi que, sous les Archiducs,
la rare éclosion artistique a été le fruit du régime.
Autre est la vérité, dès qu'on la serre de près. C'est
sous ce règne, en effet, qu'émigrent aux Gobelins la
plupart de nos artisans qui vont en assurer la fortune.
Deux maîtres illustres, les frères Rœttiers, d'Anvers,
deviennent graveurs généraux des monnaies du
royaume, l'un en France, l'autre en Angleterre. Pour

mûrir leur génie, ne fallut-il pas à Antoine van Dyck la gentry londonienne et la cour de Saint-James; à Jean Boulongne, à Sustermans la maison de Toscane et la *sciccheria* florentine ; au janséniste Philippe Kampeneer, dit de Champagne, ainsi qu'à Van der Meulen, Versailles et Port-Royal? Quelle nuance au surplus exprimèrent de la sensibilité religieuse et du temps nos maîtres, attentifs aux nouvelles orientations de la pensée, païens par tempérament, souvent calvinistes par rébellion? Ils le furent assurément, dans le silence angoissé de leur conscience, un Van Orley, un Frans Floris, Frans Pourbus, Sébastien Vranckx, Jacques Jordaens, bien d'autres, émus, déchirés du drame intime et des orages publics qui emportèrent à l'étranger le berceau de Rubens. Car tous participent au même essor, né en Italie un siècle plus tôt, sous la poussée d'un autre dessein. Lancés tous à la poursuite d'un style décoratif où se résume et se coordonne une suite ininterrompue d'essais ; longue addition d'efforts dont Rubens est le total éclatant, et qui, par une chance imméritée, vient embaumer à point tout le règne des Archiducs, comme une plante vivace, avec le concours du temps, jette au-dessus d'une muraille lépreuse la magnifique abondance de ses fleurs et de ses fruits. Elle le décore : elle n'en émane pas. L'école anversoise, au lieu d'être un fruit du régime, porte au contraire en soi

la sève tarissante d'une pousse épuisée, le dernier
rayon d'un foyer qui s'éteint.

On ne peut attribuer davantage au régime un réveil économique, alors général en Europe. Une courbe
hardie emporte aux nues l'essor de nos voisins : 1660
en marque le point culminant. Par contraste, on en
peut mesurer chez nous les médiocres effets. En 1660,
pour être précis, les Compagnies néerlandaises des
Indes départagent entre leurs actionnaires des divi-
dendes de 40 à 60 0/0. Mais la Hollande, à ce moment, détient d'âpres enjeux de domination, la maîtrise des mers et le monopole du commerce avec
l'Inde, la Chine, le Japon. Elle ne les doit pourtant
qu'à d'intrépides initiatives privées. De simples compagnies marchandes, à leurs risques, en son nom,
lèvent des troupes, équipent des flottes, entrepren-
nent des voyages, alors inouïs, de découverte et de
fondation, établissent des forts depuis le Tigre jusqu'au Japon ; contractent des alliances, opèrent des
conquêtes, font leurs proies des Molluques, de Malabar,
de Ceylan et créent à la Métropole un empire asia-
tique. Ici, comme chez nous, les conducteurs sont des
bourgeois, mais ces bourgeois sont des titans, dignes
en tous points des grands doges et des conquistadors
portugais, dont ils sont les mâles héritiers. Certes ici,
comme chez nous, règne une haute bourgeoisie, mais

non pas sans prestige, non pas sans partage, encore
moins sans génie. Elle entraîne tout un peuple à sa
suite, et très loin, et très haut. Son sillage ouvre à tous
un large courant de prospérité.

Tournons les yeux vers l'Angleterre à présent. En
1651, le Long-Parliament y vota le fameux *act* de
navigation, auquel la plupart des législations protec-
tionnistes ont fait depuis de notables emprunts. Crom-
well réserve de la sorte à la marine britannique les
bénéfices exclusifs du négoce avec l'Amérique,
l'Afrique et bientôt l'Asie.

Enfin, le *colbertinisme* est en train de faire de la
France une puissance industrielle. Afin d'atteindre
un but marqué à l'avance et qui fut d'assurer au
royaume une écrasante hégémonie économique, Colbert y impose une doctrine coordonnée et lumineuse
où entrent en jeu la vigueur de sa raison, une méthode inflexible, un sens réaliste, hardi du négoce, la
solide organisation de son génie, riche en surpre-
nantes intuitions et, par-dessus tout, l'amour sincère
et désintéressé du bien public, le fétichisme absolu
de l'État. Comme il a reconnu « que le commerce est
contraire au génie même de la race », ce pétrisseur
de réalités entend imprimer aux aptitudes ethniques
une orientation conforme à ses vues. Surtout, il veut
que la nation s'enrichisse par l'intermédiaire de
l'État. Son rêve est de faire, en quelque sorte, de

l'État le banquier de la nation, parce qu'en vue de la
réglementation des échanges, objet de tous ses soins,
il importe, à son sens, de fournir le numéraire au pro-
ducteur. La situation économique, à ses yeux, telle
qu'il la conçoit, doit s'exprimer par l'excédent de la
balance commerciale, dont une encaisse en or est nécessairement le produit. Au pays donc de se faire
une arme des réserves métalliques, d'en opérer le
drainage systématique au profit de la France, le
meilleur arsenal étant le Trésor des États. Pourtant
si Colbert voit dans le commerce un instrument de
règne à la mesure de ses ambitions, et qui prête à la
politique aventureuse de Louvois son plus ferme
appui, lui, bourgeois, fils de marchand, n'en fit jamais
une affaire d'antichambre. Ses faveurs, ses prohibi-
tions, lorsqu'il les distribue ou qu'il les édicte, ont
toujours, celles-là une valeur éducatrice, celles-ci un
caractère temporaire. « Les habitants de cette ville,
prévient-il un peu rudement les échevins de Lyon,
feront bien de considérer les faveurs dont ils sont
l'objet comme des béquilles, à l'aide desquelles ils
devront se mettre en mesure d'apprendre à marcher
le plus tôt possible, mon intention étant de les leur
retirer ensuite. » Bref, sa doctrine, inspiratrice de
discipline, est, en toutes ses parties, d'un politique, et
lui-même, attaché par des voies réalistes à tendre à
l'extrême les ressorts de l'organisme social, est

4

moins un économiste à tout prendre qu'un grand citoyen.

Si j'y insiste, c'est que son système est aux antipodes des principes surannés sur lesquels on s'appuyait chez nous. Lorsqu'un souffle emporte partout les conceptions du passé, les renouvelle et fait du commerce une affaire d'État, notre bourgeoisie se montre inapte à s'y adapter, incapable de prévision, de vue large, de transaction généreuse, de subordination volontaire à la sécurité du pays. Elle s'emmure dans le commode abri des monopoles. Que le degré de méthode est, chez un peuple, le véritable exposant de sa puissance, on n'y songe pas. La commune inspiration, si prompte à grandir la conscience collective, est absente ici. Chaque classe exècre les autres, en est haïe, reste embusquée dans ses misères ou dans ses privilèges, exploités sans génie. La faute en est, à coup sûr, à la caste régnante, à la ploutocratie cléricale, à la bourgeoisie dorée, faite aux pratiques assoupissantes du despotisme. Le sommeil tranquille de la médiocrité satisfaite est son idéal : elle n'aspire pas au delà. A l'abri de quelles poitrines placerait-elle, d'ailleurs, ses profits ? Comment ces maîtres intéresseraient-ils le peuple à une conception de l'État dont leur inintelligence politique fit le symbole de ses maux ? « On ne s'appuie que sur ce qui résiste », a

dit un homme d'esprit. Spinoza affirme avec autorité,
dans son *Traité théologico-politique*, que « l'État est
plus menacé par les citoyens que l'on prive de leur
droit que par les ennemis du dehors, » et que « le droit
inaliénable des individus ne peut être suspendu au
décret d'un autre, mais au sien propre. » Trait juste,
vif, pénétrant, qui va comme un éclair jusqu'au cœur
des choses. Mais qui prive ici les citoyens de leur
droit ? Il faut parler franc. La justice sociale est la
fin de l'État. La lumière oriente au droit chemin les
intelligences ; à son rayon, l'État se forme en nous ;
mais il expire en tous ceux qu'un despotisme de
groupe exclut, et pour qui la voie sacrée se transforme
en calvaire. La patrie a des frontières morales aussi
tangibles que ses confins géographiques. On en peut
sortir. On peut rompre l'amarre qui rattache au rivage
sacré. Preuve en soit l'Amérique. Mais on y peut
vivre, insensible aux vicissitudes de l'État. Il n'est
pire perversion du sens social. Elle accuse implaca-
blement le régime dont elle est le produit. Quoi de
plus odieux ! La médiocrité des calculs, circonscrite
aux intérêts de chacun, s'exerce au détriment de la
sécurité du pays. On en vient à redouter les secousses,
les fièvres qui détournent, fût-ce au prix de la liberté,
du pécule, de l'anémiante épargne, de la misérable
ankylose des habitudes et des traditions, de l'asphyxie
morale qui résulte des situations acquises, des juge-

ments reçus, de l'ordre établi. Comme on était loin
de ces Communiers qui « ne cessaient de combattre
au moment où se décidait le sort de l'univers ! (1)
Comme on était loin de ces gueux, à qui la liberté
distribuait des besaces en disant : « Laisse tout ce
que tu possèdes, et suis-moi ! » Quels durs marteaux
avaient forgé leur courage, à ceux-là, et de quelle
âme ils se ruaient aux appels du destin ! A présent,
plus rien de tout cela. Lorsqu'il échappe un cri de
douleur à l'une des classes sociales, elle se dresse
seule en face de l'étranger. Ainsi des artisans de
Bruxelles, sous Charles VI ; ainsi de la haute bourgeoisie, sous Joseph II ; ainsi des paysans, dans leur
guerre inexorable, à la fin du xviiie siècle. La force
du particularisme a fait la force du pouvoir central.
Et, comme il arrive, la crainte de petits ennuis eut
pour résultat d'en valoir de grands, d'infinis. Certes,
on prenait son parti de l'instabilité sociale. La sagesse,
éloignée des extrêmes, ainsi que l'enseigne un précepte de Houwaert, était faite, en somme, d'une
grande sécheresse d'âme, incapable d'élan. Le despotisme et l'habitude du malheur avaient glacé les fibres
intimes. Un trait de passion, le feu sacré, le fier coup
d'aile de l'intelligence émancipée, la sympathie active,
les grâces du cœur, le spontané sous toutes ses formes,

(1) Pétrarque.

est ce qu'on eût le moins rencontré chez nous ? Le
régime en fit des impossibilités. Le *Nil mirari* d'Ho-
race fut le mot d'ordre ici. Un optimisme aveugle
engourdissait la souffrance. On se promettait mieux
pour l'avenir. L'avenir n'est-il pas sur les genoux des
dieux ? A quoi bon s'en inquiéter ! Après chaque
défaite, on se renfermait chez soi sans prendre garde,
comme a noté Vauvenargues, que « la guerre est
moins onéreuse que la servitude. »

La Belgique, à ce régime, vit réduire, dans les
traités, son importance à celle d'une clause de style,
d'une expression diplomatique : la *barrière*, organe
de sûreté, où, deux siècles durant, les Provinces-
Unies s'arrogent un droit de garnison. Loin de nous
protéger, la barrière attire incessamment sur nous la
foudre. La Belgique en devient le charnier de l'Europe : en l'espace de trois siècles, elle fut dévastée
sept fois. Anvers subit trois fois les horreurs du sac.
Bruxelles, en 1695, fut incendiée : 11 églises et
3.830 habitations s'écroulèrent dans le brasier. Sui-
virent d'autres mutilations : la Flandre amputée, au
terme de la guerre de dévolution. En 1668, le traité
d'Aix-la-Chapelle annexe à la France Charleroi,
Binche, Ath, Tournai, Audenarde et Courtrai. En
1678, la paix de Nimègue détache encore Ypres, Ver-
wicq, Poperinghe. La Gueldre et la Flandre zélandaise

nous échappent au xviii° siècle. Enfin le divorce hollando-belge coupe en deux tronçons le Limbourg et le
Luxembourg. Nul dessein ferme au-dedans : nous
l'avons vu ; mais nul prestige au dehors ; abandon de
nous-mêmes, pliés à tout subir ; amoindrissements
progressifs ; holocauste imbécile ; lente érosion du
caractère ; vie enclose, humiliée sous l'œil des garni-
sons étrangères ; profond discrédit dont se lamente
encore notre Congrès en 1831 : tel est le bilan du
régime. On peut le lire sur le visage attristé de la
patrie que livre aux outrages une bourgeoisie sans
nerf, insatiable de nos maux. Elle se cramponne au
gouvernail. Elle dispute âprement à tous une responsabilité sous le poids de laquelle elle succombe vingt
fois. Elle nous ramène obstinément sur les récifs.
Aussi demandé-je aux miens, l'angoisse au cœur :
« Toutes ces fautes n'auront-elles toujours d'autre
sanction que la misère indicible, incessamment accrue,
des humbles qui, jouets des naufrages, aux yeux de
nos pilotes sinistres, ont le droit strict de gémir — et
d'être broyés ? »

# III

## Le régime depuis 1830.

---

Après 1830, on retrouve, avec les mêmes étiquettes, les mêmes éléments constitutifs de la nation : l'histoire est une hérédité de situations sociales. La ploutocratie cléricale en est le fond stable : elle le doit, certes, à son unité, à ses œuvres, à la souplesse de son torysme, et plus encore aux licences ingénieuses de son arithmétique électorale, à ses expédients, au flot inouï de prospérité qui, par une chance insolente et durant trente ans, porte au sommet et y soutient une fortune imméritée ; mais enfin, désormais, d'autres partis brident sa marche, entravent son action, y mettent un contrepoids de plus en plus puissant. Et, tout d'abord, le parti libéral. On connaît le courant de la pensée humaine, auquel il se rattache. Sorti de la Réforme génevoise, école de notre Marnix, il s'infiltre

en Flandre, aux Pays-Bas, y lève des armées, se
propage en Écosse, en Angleterre, franchit l'océan
avec la *May Flower*, se définit en Amérique, le 4 juillet 1770, prend corps dans la déclaration d'indépendance, puis revient en France avec La Fayette, déjà
pénétré, illuminé par les encyclopédistes, aboutis-
sant, le 27 août 1789, à la formule immortelle des
Droits de l'homme. A cette vague libératrice se mêle,
il est vrai, d'autres éléments chez nous, les libertés
anglaises, le culte encore vivace des droits civils de
la Commune, arrachés un à un. La Flandre, avec
passion, accueillit la Réforme, en épousa l'idéal
humain à cause de sa garantie, le contrôle individuel,
qui donne à la culture élan, force et dignité. La Belgique, avant la contre-réformation catholique, avait
été l'un des foyers du libéralisme en Europe. L'orthodoxie espagnole, sous prétexte de dogme, et par
ses terribles épurations, y avait rudement secoué les
âmes, entachées d'hérésie. La demi-restauration des
archiducs, comme on sait, ne borna pas contre elles
le cours de ces « rigueurs salutaires. » Il s'en fallut.
Mais, sous la cendre, une force irrésistible les rani-
mait sans cesse, à l'appel discret des élus ; dans les
ténèbres intimes, une traînée lumineuse orientait au
droit chemin mille espoirs inarticulés. Ils se formulent
avec une précision croissante, sous le despotisme
éclairé de Marie-Thérèse et de Joseph II, disciple de

Raynal. Le libéralisme acquiert alors quelque ascendant, prend même une part prépondérante aux événements de 1789. Après Waterloo, l'industrie naissante assure à ce nouvel élément social indépendance et franc parler. Car la vague libératrice, en déplaçant les personnes, déplace aussi les capitaux, aiguillonne les énergies, donne comme base à la rénovation des lois du travail la renaissance des forces morales, impatientes de vérité, de bonheur, d'avenir. Une nuance ici devient, pourtant, nécessaire. Sous ces divergences apparentes de doctrines, un lien matériel unit, en réalité, les partis bourgeois, les soude, en fait les variétés d'une même espèce, à savoir une ploutocratie, caractérisée par le régime censitaire, aboli en 1893 seulement. Grâce à ce lien, le libéralisme eut son heure, occupa les affaires, emplit les Chambres, fournit à l'Europe industrieuse des maximes adéquates, échos de Bright ou de Cobden, des formules brillantes ou incisives, des consignes, et même des pontifes, un Peel, un Guizot, un Gladstone, dont la voix austère eut encore, en Frère-Orban chez nous, de si beaux accents. École à nuances multiples, assorties à des destinées, liées au départ, mais bien diverses en leur achèvement. Dès que chez nous le crédit libéral devient trop fort pour le sien, le cléricalisme a vite fait de lui barrer la route. Il lui en coûta peu, d'ailleurs, en présence d'adversaires

attardés dans le rêve, immuables en leurs principes,
et vivant, en somme, d'un trop bref éclat du passé. Il
y eut en eux comme une impuissance à mûrir, alors
que le positivisme, la *Realpolitik*, repétrissant âprement le monde, entrent dans le vif des besoins du
temps, et que le libéralisme anglais, toujours sur la
brèche sociale, retrempe sa foi dans les œuvres et fait
des concessions (1). Le parti libéral s'y décide enfin,
cède à la contagion de l'exemple, donne un coup de
barre à gauche en 1912. C'est trente ans trop tard.
Une trop longue inertie politique avait engourdi
l'opinion. On ne voulait plus être troublé dans la
poursuite exclusive d'un bien-être grandissant. Une
prudence un peu sèche avait voilé la face inquiète
des Augures, réduits à dévorer leurs présages en
silence. Mais voici le choc en retour : 1914, réponse
foudroyante au scrutin de juin 1912.

Derrière ces partis, la démocratie s'organise en
rangs serrés. Sous son aspect moderne, apparaît un
principe ancien : on l'a vu surgir, dès le xive siècle,
en Flandre surtout, revêtu déjà de son caractère
actuel : l'avènement social d'une classe de produc-

(1) Notamment : *Employers Liability act ; The Merchant
Shipping act ; The Trades Disputes act ; The Coal Mines
act; The Shops act*, etc., etc... et la législation fiscale.

teurs (1). On en connait les vicissitudes. De brèves
éclipses ménagent à son énergie des retours incessants. On sait que les ingérences étrangères, l'inimitié
bourgeoise eussent été hors d'état d'en brider les
élans. Pour en venir à bout, il fallut la connivence
des causes économiques, au xvie siècle, éparpillant
les masses ouvrières au plat pays. Du coup, le peuple
en fut atteint, socialement annulé, d'autant plus
anéanti que les rancunes accumulées contre lui ren-
dirent écrasante sa défaite. Nos villes, ardentes fourmilières, en parurent dépeuplées, les halles silencieuses, désertes, comme des vaisseaux échoués sur
un sable que la mer a fui. Mais, depuis cinquante
ans, le flot revient, s'élève à la clarté, arrache par
millions des êtres à la triple misère économique,
morale, intellectuelle, à l'infini des détresses imméri-
tées. Un magnanime instinct de fraternité le pousse
en avant. La science, il est vrai, reforge la foi des
démocraties. Elle prête à leurs illusions la rigueur de
ses lois. Que ne doivent-elles pas à ce matérialisme
historique enseignant que la vie de l'âme a ses sources
dans le bien-être et que les faits économiques en sont
la cause et l'occasion ! Le socialisme y ajoute des
directives, ouvre sur l'avenir de riantes échappées.

(1) Cf. l'*Epopée flamande* : chapitre relatif à la démocratie.
(Edition Félix Alcan, 1917).

L'ouvrier belge a mis sur tout cela le sceau de son
génie ; sa vision réaliste, en quête de précision, écarte
*a priori* des formules le côté chimérique. Et c'est
pourquoi notre démocratie édifie aujourd'hui ses coopératives et ses mutualités avec la méthode qui pré-
sidait jadis à la construction de nos halles et de nos
beffrois. L'utile a toujours été chez nous la mesure de
la valeur.

*\* \**

La bourgeoisie cléricale eut à faire tête à ces éléments nouveaux. Apre à se maintenir entière et
contre tous, fertile en artifices, elle ourdit ses ruses
avec une bonhomie pateline, un feint souci de légalité. Dans cette lutte ouverte, elle cherche, outre des
auxiliaires, une série d'expédients. Tous lui sont
bons. Le vote plural est, comme on sait, l'un d'eux.
On s'en exagère souvent la portée. C'est une curiosité d'avant-guerre. Il peint en ses replis la mentalité d'un parti aux abois. Il nous montre à nu ses
appétits. Car une idée, fondée en raison, légitime tout
à ses yeux : cela se décore du nom de probabilisme en
théologie. A ce titre j'en note, en passant, les effets. Des
gens que le pittoresque impatiente ont vu dans cette
algèbre les calculs d'un casuiste retors ou d'un vizir
fripon, on ne sait quel impudent défi dont gémit la
morale. C'est mal apprécier le plus subtil effort

qu'on ait fait pour réduire à des nombres, et pourvoir d'un exposant l'infini de la sottise humaine. « L'âme est un nombre vivant », décida la sagesse antique. Le vote plural, mais c'est une délicieuse application de la formule pythagoricienne aux éléments divisibles de la personnalité. Et quelle saveur elle emprunte aux délicates exigences d'une arithmétique électorale ! A des célibataires, hommes de génie, mais dépourvus de brevets, comme Balzac ou de Lesseps par exemple, le système accorde une voix. Par contre, il en concède trois aux ruraux cupides, incultes, entretenus dans l'ignorance, affligés de marmaille, mais à qui pour ses fins le *Bœrenbond* prête un crédit fictif. Ecraser par des ruraux le nombre et la lumière, les masses ouvrières et la pensée active, instruite, fière, émancipée des cités, tout le secret du système est là (1).

Pourtant n'exagérons rien. Tant vaut le système et tant vaut l'opinion. Le régime, à vrai dire, a sécrété cette spirituelle imposture. Pour l'établir, pour l'imposer, il fallut de plusieurs, inconscients de leur rôle insolite, un consentement par indifférence,

---

(1) Il trouve sa plus complète expression dans la représentation proportionnelle, ingénieuse piperie, qui érige en droit l'art de multiplier les déchets à son profit. En 1900, le parti clérical, grâce à cet expédient, s'assure aux Chambres une majorité, en ne recueillant dans le pays que 994.333 suffrages contre 1.020.591 réunis par les partis d'opposition.

où disons mieux par collusion délibérée des intérêts.
A tout le moins fallut-il des complaisances et des re-
noncements. Croit-on qu'un peuple, heurté dans ses
calculs, s'y fût résigné bénévolement ? Ah! que ne
fût-il heurté dans sa droiture! Il eût pulvérisé cette
fiction par le mépris. Il l'eût écrasée dans l'œuf. Or,
il s'en accommoda. Aussi bien les circonstances ont-
elles favorisé sa factice éclosion. C'est un fruit de
serre chaude artificiellement mûri.

La renaissance de la prospérité générale y con-
tribua : en tant que puissances économiques, l'Angleterre date de 1688, les Etats-Unis de 1783, les
Etats continentaux de 1815. L'Angleterre avait, au
début du siècle, par son outillage, par sa technique
professionnelle, imprimé à l'industrie de décisives
impulsions. La Belgique en appliqua les méthodes
la première, au continent. Elle en recueillit les avantages et sut maintenir sur ses rivaux, par son précoce essor, une inappréciable avance. La première
aussi, elle installa sur le continent un railway, dont
le réseau, ramifié en tous sens, n'a pas son pareil au
monde (1). Du sommet où, par degrés, la porta sa
tenace énergie, on en peut suivre à la trace le mé-

(1) 4.650 kilomètres pour une superficie de 29.456 kilomètres
carrés.

thodique effort. On assiste à une prodigieuse ascen-
sion, une sorte d'explosion désordonnée à force
d'être féconde : vaste usine, incessamment sous pression : des fourmilières y entretiennent une fièvre
intense, un bouillonnement continu, une surhumaine
éruption d'énergie. De 1830 à 1914, sa population,
instrument de sa fortune, par bonds successifs, a
plus que doublé (1). Sa prospérité est assise vers
1860. Vers 1890, nos usines comptent parmi les principaux facteurs de l'industrie de notre temps. La
Belgique, vers 1900, place au dehors les 85 0/0 de
sa production. En 1913, elle se classe au cinquième
rang des puissances économiques, avec le chiffre
inouï, pour son commerce extérieur, de 8.909 millions de francs, soit un bon tiers du trafic des Etats-
Unis (22.250 millions de francs), soit près des trois
cinquièmes de celui de la France (15.455 millions
de francs). Rien de beau comme notre zèle opiniâtre
à ne vouloir d'autres frontières au pays que les limites de son énergie et les confins de ses débouchés. De la cime où nous élève un siècle de labeur
intelligent, nul d'entre nous ne se résigne à déchoir.
Nous lui restons unis, à ce sommet de puissance

---

(1) En 1830, 3.700.000 habitants ; en 1913, 7.800.000 habitants.
En tenant compte de la superficie, la France, pour dénombrer
une population d'une égale densité, devrait avoir 135.000.000
d'habitants.

réalisée, d'une tenace ardeur, d'une invincible
étreinte, avec le désir farouche, éperdu, que nos
morts nous soufflent au cœur, de monter plus haut,
plus haut encore, afin qu'en nous du moins leur
destinée s'achève et s'accomplisse entière. Ces
beaux développements d'énergie mesurent aujour-
d'hui l'étendue de nos sacrifices. Mais, pour me res-
treindre à mon point de vue, ces chiffres extraits de
nos statistiques représentent, à mes yeux surtout, le
total d'une addition d'efforts qui n'ont avec la politique aucun lien. Ils puisent leur sève en eux-mêmes.
Ils cèdent au riche afflux de leur force interne,
étrangère aux pressions du dehors. Ils achèvent
d'épuiser la série de leurs conséquences. Et, si 1913
en marque l'apogée, c'est pour le parti aux affaires
une heureuse coïncidence, un bonheur insolent, dont
il profite à coup sûr, mais qui échappe à son action
directe et qu'il n'a rien fait pour déterminer.

Deux hommes ont eu néanmoins sur cette renaissance un indéniable ascendant. Le premier, précur-
seur hardi, le roi Guillaume des Pays-Bas, eut sur
notre destinée la plus géniale intuition. Il comprit
qu'à conjoindre, en un nouvel hymen, la Belgique à

la Hollande, naîtrait, par la force des choses, de la
mutuelle attraction de leurs ressources complémentaires, un Etat formidable. Ici, le commerce avec une
marine entraînée, des colonies, le marché des Indes,
une organisation bancaire; là, des richesses mi-
nières, un *hinterland* industrialisé, dont l'absence
abrégea de beaucoup la fortune éclatante des Provinces-Unies. Sa jeunesse, exilée en Angleterre, y
suivit, curieuse, attentive, passionnée, la rénovation
de la grande industrie. Né pour agir, il rongeait son
frein. Et, lorsqu'à son impatiente énergie 1815 ouvrit
les voies, la Société Générale et les Usines Cockerill,
écloses à son inspiration, propagèrent en tous sens
une moisson drue, dont elles demeurent encore les
pousses les plus vivaces, inégalées chez nous. Il
couva son œuvre avec amour. Sur sa cassette personnelle, il préleva de quoi fortifier les entreprises
utiles. Il brava même, en notre faveur, l'impopularité,
lorsqu'il imposa à la Hollande un interventionnisme
protecteur.

Mais chez ce prince un sentiment suranné de l'autorité personnelle avait gâté les plus beaux dons. Il
finit par compromettre ainsi une œuvre à l'éclat de
laquelle conspiraient les forces étroitement conjuguées des deux nations. Non moindre fut le génie de
Léopold II. A la pratique, il lui fut très supérieur.
Pourvu d'une pragmatique excellente, art de décou-

vrir et de tirer parti des valeurs (1) ; doué d'un tact
sensible, exercé, familier avec les nuances et tous les
replis du cœur humain, ce fut un manieur d'âmes,
un animateur, un rude pétrisseur de réalités. De la
race des grands doges, il en avait le vouloir, l'infaillible faculté de prévision, une vue large, un regard
d'épervier, à la fois vif et froid, tombant de haut,
hardi dans ses conceptions, prudent dans leur mise
en œuvre, persuasif, pénétrant dans ses conseils, implacable dans ses inimitiés, ayant comme à Venise
le sens affiné du négoce, un grandiose instinct de
marchand, mais plus diplomate que ne le fut jamais
aucun Dandolo, puisque sans flotte, sans un coup de
fusil, presque sans moyens, par un artifice de procédure, il posa sa main puissante sur un empire afri-
cain. Nulle indécision chez lui. Il courait droit au
but. Il le voyait toujours. Il le dépassait parfois.
Dans notre petit pays, il était comme un aigle en
cage avec l'amertume au cœur, grandissante avec
l'âge, de voir incomprises si souvent les hautes ambitions qu'il avait fondées sur nous.

(3) Ce n'est pas lui qui eût demandé à Talleyrand le nom
d'un bon diplomate.

*
*  *

Au demeurant, le Belge fut le principal artisan de
sa fortune. L'émancipation d'esprit, consécutive aux
conquêtes modernes, a rendu tout leur jeu à ses
instincts trop longtemps comprimés. Aussi bien le
retrouvons-nous tel à peu près que le façonnèrent à
loisir des siècles de volonté militante, avec des réserves d'énergie, de force inemployée, de jeunesse
intacte, de foi agissante, ayant certes plus de vigueur que d'élan, des vertus plus solides que brillantes, foncièrement probe, sensible au bien-être,
ardent au labeur, individualiste à l'excès, avec un
haut sentiment de la responsabilité personnelle, pa-
tient dans ses calculs, appliqué dans ses œuvres,
opiniâtre dans ses desseins, et, comme à l'avance l'a
défini, en parlant de lui-même un illustre aïeul,
« n'ayant pas besoin d'espérer pour entreprendre, ni
de réussir pour persévérer (1). » En vain le régime
comprime-t-il le ressort des facultés : à la première
ouverture, il se détend. Et l'on assiste, émerveillé, à
l'un de ces rajeunissements des races qui dépensent

(1) On vit mûrir une moisson de fortes individualités :
Rolin-Jacquemyns au Siam, Naus en Perse, Splingaert en
Chine, ouvrant des débouchés, ménageant des issues ; les

en un jour tous leurs printemps en retard. Car ce
qui perce ici, c'est le dédain de la nature impersonnelle, ne connaissant que son rythme profond qui
jamais ne peut s'achever, sinon dans l'impuissance
et dans la mort.

Nous voyons ce que donne en moins d'un siècle
un pareil essor. Par souci d'exactitude, il convient
pourtant de nuancer le portrait, tracé plus haut,
d'une retouche qui le dégrade à mes yeux légèrement.
Il faut la noter. Toute cette fièvre, qui embrase un
peuple, est circonscrite à la notion privée de l'intérêt. Car le régime effaça des caractères cette belle
ardeur de civisme qui, dans nos aïeux, prenait un si
fier accent. Regardons-nous en face. Amendons-
nous, s'il se peut. Mais ne nous mentons pas à nous-
mêmes. Ne méritons pas le dur reproche du moraliste
affirmant « que l'hypocrisie de l'illusion qu'on se
fait à soi-même est le vice capital de notre temps. »

frères Solvay se créant un monopole universel; un ouvrier,
Gramme, inventeur de la dynamo industrielle; Nagelmackers,
implantant en Europe et jusqu'aux confins de l'Asie, l'idée
neuve encore des *sleeping car;* les grands constructeurs de rail-
ways, tels que Jadot, et tant d'autres, laissant sur de lointains
continents le durable indice de leur audace et de leur énergie;
de Gerlache, attestant, par son périple antarctique, qu'un peuple
de producteurs peut être sensible à la gloire. Enfin la noble
théorie des héros africains qui acceptèrent le haut sacrifice
que représentent toujours les tâches silencieuses accomplies
au loin.

De tous nos maux, la source est ici. Nous n'avions d'autres liens entre nous que ceux que l'utilité nous invitait à entretenir. Le soin de son pécule interceptait au Belge la vision du devoir social. Or, l'égoïsme isolateur des intérêts ne porte en lui nulle étincelle. Pour les peuples comme pour les individus « les grandes pensées viennent du cœur. » Rien de durable ne se fait sans lui. Nos aïeux avaient plus que nous le goût des grandes tâches accomplies dans le recueillement. Mais la pensée collective était inséparable de leur labeur. Elle le fécondait. Elle l'ennoblissait. Sans elle, il eût été, à leurs yeux, comme une force inopérante, une mamelle sans lait. Quand jadis plusieurs ghildes prospéraient dans une même cité, elles édifiaient à frais communs des halles d'où s'élançait une flèche ou un beffroi, images d'indépendance. Ainsi la vie supérieure avait dans le bien-être sa source et sa légitimité. Un accroissement de conscience était pour eux la récompense solide et le suprême écho des progrès matériels. La patrie était la mise en commun de leurs forces individuelles, nouées autour d'un même objet. Car c'est au plus haut degré d'amour volontaire que se réalise un idéal de société. Mais, nous, de la patrie nous avons fait un comptoir, une chose pliée à nos commodités. Nous avons ignoré l'Etat. L'Etat se venge.

*
* *

Le régime ici fut le grand corrupteur. Dès la fin
du xvi° siècle, il avait transformé les mœurs, repétri
l'opinion, brisé le caractère, abaissé la morale qu'a
si bien définie la maxime de Houwaert, soulignée
par ailleurs. L'homme, ainsi diminué, s'enferma
dans un individualisme hermétique, ombrageux, plein
de méfiance; il donna pour but à son labeur le con-
fort, le home, les félicités épicuriennes, la poursuite
exclusive du bien-être, de tout ce qu'il peut atteindre
au bout de son effort; une souple casuistique épousa
en lui les orientations du sens intime; s'il eut des
préjugés, ils furent toujours conformes à l'intérêt.
Par contre, on ne fit nulle part un moindre crédit
au devoir suprême. Les avortements perpétuels de
l'histoire, en éteignant la confiance, y furent assurément pour quelque chose. On ne s'étonne pas
moins de cette prudence sèche, enclose dans ses
calculs, à tort, selon moi. La première loi de tout
être, c'est de se conserver, c'est de vivre : un des plus
grands politiques de tous les temps l'a noté. Vous
semez de la ciguë et prétendez voir mûrir des épis!
Le Belge, devenu timide, construisit ses bonheurs,
pétris d'une somme de médiocrités, à la mesure de
ses goûts. Il se plia au lien collectif, pour autant que

rien ne vînt troubler ses jouissances égoïstes, son sommeil satisfait d'homme qui digère. Il redoutait en politique par-dessus tout l'irruption des nouveautés. Les publicistes étrangers, qui virent en notre pays un creuset, un laboratoire sociologique, ont bien dû le divertir. Notre ploutocratie réactionnaire n'a jamais fait de concessions que la pointe aux reins : et ce qu'on a ingénuement considéré au dehors comme des expériences, c'est l'ingéniosité même des formules par où l'on se dérobe à la loyauté des transactions.

C'est pis en province où des terreurs, des pratiques soupçonneuses du passé, on garde l'habitude instinctive de se contraindre à force de sang-froid ; où l'on s'épie, où l'on s'efface au long des maisons, où un regard est une indiscrétion. Quelles vies encloses et comme le régime y a rabougri les âmes ! Pauvres gens formés aux cautèles et aux ruses du petit négoce, pour qui ne point thésauriser c'est mourir, hallucinés par le gain, s'usant l'intelligence à des riens, âpres à tirer de leur misère une pire misère faite de privations, ayant pour pôles à leur vie insipide les soucis de l'échéance et du taux de l'escompte. Cette catégorie, on la retrouve évidemment partout. Son unique ambition en France, assurait Taine, est de passer de l'acajou au palissandre. Elle passe du bois blanc au pitchpin chez nous. C'est vrai surtout des petits rentiers, reployés dans la sordide épargne, avec des lésineries à rougir, des revenus dérisoires, assoupis dans une précaire aisance. Ah! tous ces faux paradis qui mènent aux enfers d'à présent et où chaque cercle est une année de martyre!

Cette petite bourgeoisie, au lieu de donner ses bras, de s'astreindre à l'effort, de hausser son âme à des rythmes élargis d'activité, grippait ses sous sur les charges du pays, sur sa sécurité, avec le fétichisme du *statu quo* et la hantise de l'impôt qui pût compromettre l'équilibre budgétaire (1). Masse flottante, indécise, asservie à de petits moyens et dont le parti clérical a consommé la ruine. Sans merci, la guerre l'a tuée. Elle est virtuellement submergée sous les charges anciennes, endiguées contre son propre intérêt. Et voici les autres, outre ses réserves taries : fiscalité d'après-guerre, avilissement des valeurs, renchérissement de la vie : triple étau qui se resserre impitoyablement. On ne le voit que trop. Le régime politique n'a cherché parmi nous que des auxiliaires, au détriment d'eux-mêmes et de l'État. Car, comme observa le sage, ce qui est utile à l'essaim est utile à l'abeille. Au lieu de secouer le

---

(1) C'est aux cris *d'à bas les graux impôts!* que s'effondra le dernier cabinet libéral. M. Graux en était le ministre des Finances. Joli trait de malice politique dont on peut savourer aujourd'hui toute la finesse!

peuple, il encouragea les pratiques assoupissantes,
sous de feints airs de libéralisme : « *Wait and see, fair
play*, semblait-il insinuer, sont mes préceptes, ins-
pirés de ces bons *whigs* anglais. Vivre et laisser
vivre, à condition, bien entendu, de se soumettre à
mon autorité. Rien à craindre avec moi : point de
réforme, nulle innovation ; l'immutabilité des situations acquises, un *statu quo* d'éternité et pas d'impôt
direct. Les chartes modernes entreront chez nous par
le trou d'une aiguille. Sur ce point, laissez-moi les
mains libres. L'heure vous est propice : soyez dili-
gents, une fraîche brise est dans vos voiles ; le Pac-
tole les emporte et les teint d'un beau reflet d'or. »

Et chacun de courir à sa tâche, à son profit. On
pressait le pas devant l'autel de la patrie.

Le régime, écluses ouvertes, accueillait l'étranger.
Notre prospérité fut comme un riche engrais qui fit
germer des fripons, ainsi qu'a dit de l'or des Indes
un poète espagnol. Lorsque le commerce était un jeu
serré, redevenait une force aux mains de l'État,
comme au temps de Colbert, nous faisions fête aux
aigrefins de tous les pays. Nous aurions dû poursuivre
le renforcement de la discipline par l'extrême tension
de l'organisation politique. Et que faisions-nous ? Je
vais vous le dire. Qu'on ne s'y méprenne point pourtant. Je ne rassemble pas nos griefs ici. Ils tremblent

sur les lèvres de tout un peuple humilié. L'heure
viendra de les formuler; elle s'avance inexorablement comme une libératrice. Pour l'instant, je n'ai
d'autre dessein que de souligner quelques faits caractéristiques, utiles à ma démonstration.

On sait que le mécanisme actuel du commerce a
contraint les nations productrices à évaluer leurs
ressources, à concentrer leurs énergies, à imposer à leurs rouages multiples, étroitement en-
chaînés, une forte unité de coopération, une méthode
stricte, une discipline enfin. Quoi de plus nécessaire
chez nous qui plaçons au dehors les 85 0/0 de notre
labeur! Or, notre commerce est inexistant. La
plus grande partie de notre production est réexpédiée
sous une estampille étrangère, privant l'industriel,
égaré par des calculs mesquins, et sa clientèle, à la
merci des intermédiaires, d'une portion notable de
bénéfices; cette portion ne va pas à moins de 500 millions. De cette fondamentale erreur découle une
série de conséquences. Des banques belges, on le
conçoit, ne peuvent prospérer à l'étranger que si nos
transactions directes y sont très actives. De même
une marine marchande ne peut se développer que
dans la mesure où notre production circule sous la

marque d'origine, avec le concours de négociants du pays. Car il va de soi que les firmes étrangères se réservent le choix du pavillon, de la banque et s'adressent de préférence à des nationaux qui gardent le secret sur leurs opérations. Il nous en coûte et c'est un pesant tribut. Rien que pour le fret, nous payons 250 millions de francs aux armateurs établis dans nos ports. L'emprunt de leurs services aux établissements étrangers de crédit grève notre balance commerciale d'une nouvelle hypothèque de 200 millions de francs. Voilà donc près d'un milliard de francs qui, par notre impéritie, nous échappe et dont une part importante, appliquée avec discernement, eût perfectionné notre outillage, relevé les salaires, assuré des réformes sociales. Toutes ces prodigalités, faites à notre insu, entretenaient autour de notre ruche active une nuée de frelons. Elles excitaient des convoitises, aiguillonnaient d'irritantes espérances, ouvraient les portes à l'invasion.

Autre fait. La différence constatée au détriment de notre balance commerciale (1) s'équilibre par le loyer de nos capitaux placés à l'étranger. Nous y avons des engagements pour près de 3 milliards de francs. D'autre part, la finance étant un instrument

(1) En 1913, nous avions 3.951 millions d'exportation contre 4,958 millions d'importations sur lesquels il convient de faire une part au transit.

politique, les États exercent sur elle un contrôle
attentif, direct, ombrageux. On connaît la lutte
sourde, acharnée que se livrent en Europe les grands
pays pour la répartition des réserves d'or. Elle impose à tous d'âpres soucis qui vont jusqu'à prescrire
aux banques, en Allemagne, l'obligation de maintenir
en caisse un solde créditeur minimum. Rien n'est
livré à l'imprévu. Le système bancaire au Royaume-
Uni a même pour lien un conseil qui en discipline
les opérations.

La moindre émission d'emprunt, au profit de
l'étranger, devient une affaire d'Etat, dont la négo-
ciation implique une série d'avantages indirects.
Même une émission partielle, une *tranche*, comporte
une part afférente de gages et de faveurs. C'est un
levier diplomatique précieux pour consolider les positions que les chancelleries ont prises. On en peut
tirer des profits certains. Le croirait-on? Nous qui en
avions tant besoin pour nous étendre, jamais nous
n'en avons usé. Les banques étrangères écumaient
notre épargne, au profit de nos voisins, sans que nul
d'entre nous ne parût se douter que notre richesse fût
la servante aveugle de desseins politiques, incompa-
tibles souvent avec nos intérêts. N'eussions-nous,
dans cette voie, poursuivi d'autre objectif que l'amé-
lioration d'un traité de commerce, l'insertion d'une
clause utile, le fléchissement d'un droit protecteur, ou

l'octroi d'une faculté d'option, qu'appréciables eussent
été les résultats (1). Il est pénible, avec des atouts
en mains, de voir pourquoi, comment, des joueurs
médiocres et distraits perdent en notre nom la partie.
Ils les perdent toutes, à la vérité. Car songeons-y :
nous n'avions pas un traité de commerce avantageux.
De nos amis eux-mêmes nous n'obtenions rien. La
France imposait à notre main-d'œuvre un tribut de
plus de 30 0/0. Elle retenait, sur notre matière impo-
sable, à ses douanes, en 1913, 33.882.000 francs. Son
protectionnisme avait pour revers une fiscalité capricieuse et pesante : arme à deux tranchants. Qu'avons-
nous fait pour l'émousser? Nous ne jouissions pas
même en France du traitement de nos compétiteurs.
Les produits des pays d'outre-mer, importés par
Anvers, étaient frappés d'une surtaxe d'origine qui ne
fléchissait sous le poids d'exceptions qu'en faveur de
nos concurrents, Hambourg, Brême, Lubeck, Amster-
dam, Rotterdam, Dordrecht. De deux ports, Anvers
et Flessingue, baignés par le même fleuve, c'est ce

(1) La différence de la balance commerciale en faveur de
nos voisins a naturellement des répercusions directes sur le
change. Il en résulte un agiotage interlope : des corsaires
organisent un drainage de nos écus d'argent vers les centres
de liquidation. A notre trésor échet la charge onéreuse de
faire la contre-partie de ces opérations éhontées. En huit
ans, la Banque Nationale de Belgique dut procéder de la sorte
en France à des rapatriements d'écus pour plus de trois cents
onze millions de francs.

dernier qui bénéficiait de l'exonération. Ce n'est point décidément sans sujet qu'Emile Banning put déplorer « que la Belgique, depuis quelque vingt ans, eut trop abaissé son rôle ». La criante insuffisance de notre politique éclate aux yeux les moins prévenus. Nulle orientation nette, aucun dessein ferme et suivi. Or, là où l'idée fait défaut, rien n'y supplée. On ne sait quel souffle aride avait stérilisé la plupart de nos diplomates. Ah! ce sont de beaux déserts! Feuilletez plutôt de sang-froid, s'il est possible, les *Belgische Aktenstücke*, extraits de nos archives aux mains de l'ennemi : fausse appréciation des indices, prévisions saugrenues, creuses allégations, conjectures ingénues, courbettes obséquieuses au chapeau de Geissler, rien n'y manque, en vérité. Certes, je m'interdis de laisser tomber ici la moindre étincelle sur ces barils de poudre. Je m'impose en ces pages une grande modération. Mais est-ce donc l'enfreindre de constater que notre politique extérieure était à la merci des plus périlleuses improvisations? (1).

(1) D'autant que nos ministres, à les en croire, ignoraient l'existence de ces rapports. Tous eurent pour destinataire le baron Greindl qui dirigeait notre politique extérieure à la légation belge de Berlin : avec l'agrément de qui? On sait aussi que la *Mittel Europa* résume les convoitises armées de Berlin. Ce dessein n'est pas sorti des entrailles de la guerre, par génération spontanée. On n'y est arrivé que par transitions ménagées, par une série de mesures unificatrices dont

\*
\*  \*

Néanmoins, c'est par la fiction de la neutralité permanente que se caractérise essentiellement le régime.
Elle en est le symbole : mancenillier que l'Allemagne a foudroyé, et dont l'ombre obsédante assoupit
en nous le sens inné, le vivace instinct de la conser-
vation. Arrêtons-nous auprès de ce fantôme, à présent
que la cendre en gît sous nos pieds. Il est le mémorial des erreurs du passé. Il nous accuse. Pourquoi
fallut-il que le souci du bien-être, la gangrène de l'or,
les connivences du régime eussent exclu de nos préoccupations le devoir suprême? La neutralité permanente fut le prétexte hypocrite, la rassurante équivoque, disons mieux, la lâche illusion que nous nous
fîmes à nous-mêmes. Ce sophisme écartait de l'esprit
les pensées viriles, cette mâle acceptation des responsabilités qui donne à la fierté de vivre un sens

la *Mittel Europäische Wirtschaftverein*, sous la présidence
du duc Gunther de Sleswig-Holstein, beau-frère du kaiser,
prit l'initiative, il y a quelque dix-huit ans. Cette association,
par un prosélytisme actif, essaya toujours vainement d'entraî-
ner la Suisse, le Danemark dans son orbe de domination. La
Belgique, avec une rare absence de perspicacité, finit par y
être acquise. Le duc de Sleswig-Holstein fut trop heureux de
lui confier ses reliques, et le siège central de la *Mittel Europa*
ne fut plus ni à Berlin, ni à Vienne, mais au ministère belge
des Affaires Etrangères, sous la direction de M. de Ch..., fonc-
tionnaire de l'Etat.

et un prix. Une conscription, établie sur les bases de
nos voisins, eut mis en campagne huit cent mille
hommes : nous le savions. Pour y pourvoir, richesses,
industrie, nous avions tout. En hérissant notre fron·
tière de baïonnettes, peut-être eussions-nous détourné
la foudre. Il a dépendu de nous. Mais un parti de
domination n'a pas voulu courir, sur ce problème
essentiel, un risque électoral. Un de nos ministres,
quelques mois avant l'invasion, se flattait de ce que
le gouvernement eût réalisé, en trente ans, sur le
budget de la guerre, une économie de cinq cents millions. La Suisse, elle, ne tira pas sur les risques à
courir le voile de la neutralité. En dépit de ses forteresses naturelles et de ses ressources strictes, elle fit
à sa sécurité de durs sacrifices. « Il y a un point sur
lequel tous les Suisses sont d'accord, affirmait un
publiciste génevois, c'est qu'il n'y a pas deux façons
d'interpréter les engagements du pays et de défendre
son honneur. » (1) L'âpre aiguillon du danger affermit

(1) Le *Journal de Genève*, dont nous ne pouvons suspecter
les sympathies, écrivait : « Un de nos confrères disait :
« Après tout, c'est au hasard que la Suisse doit de ne pas avoir
subi, en 1914, le sort de la Belgique. » Nous répondons qu'évidemment la Belgique est sur la route plus directe vers Paris,
mais il ne faudrait pas oublier non plus que, avec une population inférieure de moitié à celle de la Belgique, nous avons
mis deux fois plus d'hommes sur pied. Nous avons mobilisé
un jour plus tôt, nous avons montré beaucoup moins de con·
fiance que le noble et infortuné royaume. »

la conscience d'un peuple, décuple ses forces, aiguise en lui un haut sentiment des responsabilités. Lui ôter le souci viril de ses devoirs, c'est briser son ressort moral.

Aussi bien les avertissements jamais ne nous firent défaut. Dès 1831, le duc de Wellington, à la Chambre des Lords, se récriait : « Il est absurde de présenter une garantie de neutralité pour assurer l'indépendance du nouveau royaume. En 1814, ceux qui avaient réuni la Belgique à la Hollande savaient trop bien qu'il n'existe de garantie solide que dans la création de moyens de défense matérielle; ils y avaient pourvu par l'établissement d'une ligne de forteresses, et ces forteresses sont plus nécessaires à la Belgique seule qu'à ce pays réuni à la Hollande. » Puis, Emile Banning, persuasif, pénétrant, d'affirmer « qu'on ne peut fonder l'existence d'une nation sur une signature qui peut être protestée ». Et, de fait, suspendre ainsi la vie d'un peuple à un trait de plume, c'était tenter le destin... En 1870, Taine écrivit, sous la dictée des circonstances, ces fortes paroles admirablement adaptées à notre cas : « Les traités solennels par lesquels les parties s'engagent ont beau être appelés perpétuels, ils sont provisoires; l'expérience des cent dernières années l'a prouvé de la façon la plus éclatante et nous ne pouvons apprécier le présent que d'après le passé. Au moment où

6

ils ont été conclus, ces traités constatèrent entre les contractants la proportion des forces ; quand cette proportion change, les traités cessent d'être observés. Tel est l'usage ancien, et, par conséquent, tel est l'usage présent. La conclusion est qu'il faut être fort ou le devenir ; et cela ne signifie pas seulement qu'il faut se pourvoir d'une bonne armée sous de bons généraux, car l'instrument militaire n'est qu'un organe dans un corps vivant ; c'est le corps tout entier qui doit être robuste, sain, dispos, capable de lutter longuement, sans défaillance, en employant et dirigeant bien tous ses muscles. Toute faiblesse, ignorance ou imprévoyance se paye ; en cela consiste le seule sanction du droit des gens. » Ce qui revient à dire que la force est souveraine. Moins que tout autre peuple, nous aurions dû ne pas l'oublier. Sept fois, en trois siècles, n'avons-nous pas roulé jusqu'au fond de l'abîme ?

Le roi Léopold, que le parti aux affaires enfermait dans son Office colonial, s'en échappait à chaque occasion pour moduler, sous des modes ingénieux et variés, la vérité débordante, impossible à contenir : « Et pourtant il nous faut une armée ! » Les menaces allemandes, les bruits d'armes aux frontières avaient tiré des meilleurs d'entre nous des cris d'alarme restés sans écho, si ce n'est aujourd'hui le long sanglot d'un peuple humilié. Le tocsin qui vibrait dans nos paroles irritait les quiétudes égoïstes. Elles n'entendaient plus qu'on les troublât. Venise, un jour, en vint là ; alors elle s'entendit interpeller au Sénat, par le doge Mocenigo : « Quand l'amour de la tranquillité atteint ce degré de passion, il fait perdre de vue les périls lointains et ne fait considérer que de loin les périls qui sont proches. » Cinglante apostrophe qui nous pénètre au vif, perce à jour notre mentalité d'avant-guerre. Cruelle conseillère! En avons-nous assez pâti! Ah ! le coup fut dur ! Il sera ressenti partout. Nulle part plus qu'ici. On y était si peu préparé! Le pays, foncièrement honnête, il y faut insister, osait à peine y croire. Il fallut vraiment qu'on vînt le défier. Dans cette tragique épreuve, au moins les dieux ne nous ont pas abandonnés : ils suscitèrent des héros; au prix d'un désastre, d'un âpre sacrifice, ils nous ont laissé l'honneur. Remercions-les le front dans la poussière. Ces dieux, nous les portons en nous. Ce sont les vertus de la race qui n'entend pas mourir. Près des tombes fraîches, on en a l'intuition, quand on s'attarde, le soir, parmi les ombres. La voix des morts nous étreint, nous domine, trace en nous la traînée lumineuse de leur volonté. Puissent ces fusées, comme des signaux de détresse, illuminer notre nuit et nous montrer la voie !

# IV

## Conclusion.

———

*Concordia parvae res crescunt, dis-*
*cordia maximae delabuntur.*
                                        SALLUSTE.
Il faut gouverner les hommes de
telle sorte que, professant ouvertement des opinions diverses et oppo-
sées, ils vivent néanmoins dans la
concorde.                    SPINOZA.

Les mêmes fautes eurent pour issues, au cours de
trois siècles, les mêmes désastres, renouvelés sept
fois. Le particularisme a sans cesse énervé le lien
national, dénoué la gerbe des énergies. Qui s'en étonnerait ? Chacun disposait à sa guise de la paix sociale,
de la richesse publique, de la sécurité, de la dignité
de l'État. Mille tyrannies occultes et personnelles en
faisaient leur proie. On songe à un système admirable
d'irrigation fait pour irradier la vie, les principes
nourriciers et fécondants jusqu'aux confins du pays,
mais que des riverains, tapis dans l'ombre, par des
manœuvres clandestines, détournent et captent à leur

profit. Le pire despotisme est celui d'un pays où chacun fait ce qu'il veut. La crise actuelle nous aide à comprendre, à vivre intensément les frissons du passé. L'enchaînement de nos fautes, ce qu'il y a d'organique en leur indestructible unité, est là tout à coup, sous le regard, comme l'arrêt du destin. Une lumière subite en nous se fait, et tout se déclare à nos yeux.

Si l'effondrement du régime est la condition d'une liaison meilleure de nos forces éprouvées, même au prix de nos désastres, inappréciable en est le fruit. Cet équilibre ne peut résulter que d'une transaction loyale avec nos persistantes erreurs, sources de tant de calamités. Au creuset de l'épreuve, épurons nos instincts, ennoblis par la douleur. Je n'ai point de haine contre les hommes. Je n'en ai que contre les abus. De réaction, je n'en veux contre personne, hormis contre les traîtres avérés. Point d'exclusive. Que tous aient leur place au foyer. Le cœur de la patrie est assez vaste pour relier nos divergences dans une même pensée d'amour. Dans la communion des sacrifices, il y a place pour le respect des sincérités, pour la fusion de tous les *credos* au sein d'une conviction supérieure aux partis. L'appui qu'offre aux miens la foi m'est cher, pourvu que cette foi ne soit ni l'étiquette d'un intérêt, ni le masque d'un appétit. L'union créatrice est l'ouvrière de notre rédemption. Que cette

liaison de nos forces vives en oriente résolument
l'essor vers un but bien défini. A chacun de se soumettre au rythme qui accorde entre eux les modes de
production les plus humbles et les formes d'activité
les plus hautes. La subordination volontaire est le
plus noble usage que l'homme puisse faire de sa
raison. Cette union ne peut naître artificiellement.
Pour survivre à l'œuvre des diplomates, elle doit
prendre une valeur de sentiment. Le libre don de soi-
même en est le ciment. C'est lui qui fait de la masse
inorganique un corps social, une individualité, la
haute expression d'une force homogène. Hors de là,
il n'y a que désordre, incohérence. Quoi ! nous dési-
rons que l'État prospère et nous sommes tous ses
ennemis !

Notre grand Marnix, lorsque se décomposa la
société communale, eut le pressentiment que le nouveau régime engendrerait plus de partisans que
d'hommes d'État. Et sa sûre intuition, toujours active
au bien, signalait à la fois le remède et le mal. « Les
études, indiquait-il, doivent être dirigées vers les
affaires (sous-entendre la direction), les intérêts généraux, l'administration de l'État et des Communes. »
Oui, pour laisser monter la sève en nous, il faut briser
le nœud du mercantilisme égoïste. Il faut revenir aux
principes anciens, à la forte éducation civique des
Communiers et des Gueux. Si le caractère sort repétri

de la fournaise, avec une frappe épurée, de tant de maux résultera le bienfait suprême pour nous. Il faut y tendre. Le peuple, si grand dans sa poignante infortune, a déjà fait les trois quarts du chemin. Il ouvre les yeux : il voit, il voit par toutes ses plaies, par toutes ses blessures. Ses fraîches énergies sont les vestales du génie de notre race. On sent qu'il forgera demain sur la même enclume, aux ardeurs du même feu sacré, ses outils et les armes du devoir suprême, l'armature entière de sa dignité. Abjurons comme lui nos erreurs anciennes, par la virile acceptation de nos responsabilités, par le renforcement de la discipline, sous une ferme autorité de direction. La force d'un peuple se mesure au degré de contrôle qu'il exerce sur ses institutions.

Ce qui doit se transformer en nous, c'est l'esprit public, corrompu par trois siècles de régime inintelligent.

Des sursauts de patriotisme en ont troublé plus d'une fois le cours : sous Charles VI, sous Joseph II, les insurrections des paysans et de 1830. Plusieurs, comme en 1789, se tournèrent contre nous, faute de solidarité. L'inintelligence politique aveugla si souvent nos élans ! Une concorde issue de l'accord de nos forces entre elles, unanime et sincère, ouvrirait à l'avenir un monde infini de possibilités. C'est avec nos qualités robustes et sans éclat que se trame un grand destin.

Là est l'issue ; là, le refuge ; là, le salut. Car, si nous
ne pouvions, comme hier, immoler nos petites con-
venances à ce qu'exige de nous le bien collectif, eussions-nous alors des traités, des privilèges, des concessions de toutes espèces ; eussions-nous, même, le
monde à nos pieds, nos héros seraient tombés pour
rien : vaine aurait été la leçon des morts, vaines nos
souffrances, vains nos espoirs. Et les mères, en rame-
nant sur les yeux les voiles sombres, pourraient ré-
péter quatre fois le sanglot du Céramique : « L'année
a perdu son printemps, la Cité sa lumière. »

J'en eus, à Bruxelles, la vision nette, en septembre
1914, l'âme encore toute déchirée par les fureurs allemandes, la poignante amertume en moi d'être inutile.
Un de ces soirs épiques de grandeur et de douleur,
lourds de tristesse infinie, mes yeux rencontrèrent
une image de la Niobé. Dans ses bras impuissants,
ses enfants, l'un après l'autre, expiraient, foudroyés
par le Sagittaire implacable. Et la lumière ambrée,
subtile, impassible, voilait sa face angoissée d'une
patine ardente. Elle s'animait. Elle palpitait. Elle
prenait de l'accent. Elle semblait revivre toutes ses
douleurs comme si elles fussent nées de nos détresses
présentes. Et la Niobé se transformait, devenait, par
un mirage très doux, notre mère auguste, la Belgique
outragée. Elle endurait mille martyres. Je recueillis

pieusement alors le murmure de sa plainte éternelle.
Et sa muette imploration, à la fin de ces pages, je
veux la transcrire. Elle semblait dire ceci : « Serai-je
toujours livrée au bec éternel des vautours ? La plus
tragique expérience de la douleur n'aboutit donc qu'à
ces cruels piétinements, sans cesse renouvelés ? Ma
vaillance, une fois de plus, s'affaisse sous le poids de
mon cœur. Je ne suis qu'une plaie qui saigne, mes
enfants. Mais ce sont vos larmes qui sont dans mes
yeux. Vos sanglots déchirent les entrailles d'où vous
êtes sortis. Si vous n'avez pitié de moi, ayez du
moins pitié de vous. D'être des héros, ce n'est pas
tout. Il faut prévoir, récolter dans la joie ce que j'ai
semé pour vous dans la souffrance. Vous êtes mes
fibres et mon sang; vous êtes l'écho de mes désirs, le
clavier de mes sensations, le fidèle essaim de mes
pensées. Mes passions actives ont toute leur force en
vous. Une entière identité devait nous confondre au
sein d'un même amour. Ma fécondité s'épanchait en
vous. Que n'ai-je pas fait pour votre bonheur! Mes
bras étaient lourds comme ces vergers qui ploient
sous la charge heureuse de leurs fruits. Mais vous
étiez distraits, par mes dons mêmes, de plus mâles
soucis; vous étiez divisés contre moi, contre vous;
et, depuis quatre-vingt-quatre ans, dans vos usines
innombrables, vous n'avez pu forger à ma taille
la cuirasse qui protégeait la Vierge acropolite au

regard d'azur. Je vois vos larmes silencieuses, impuissantes, désespérées. Aujourd'hui, l'univers est conjuré contre la serre cruelle qui m'étreint, et ce n'est point de trop, mes fils ! Peut-être n'en mourrai-je pas ! Mais alors, si je sors de l'abîme, il faut que vous unisse un lien plus fort que la mort, une discipline stricte, étroite, illuminée de raison... Sinon, mieux vaudrait périr, mes enfants, oui, mieux vaudrait périr... »

21 décembre 1917.

# DANS L'OMBRE DU DESTIN

Mais que vous revient-il de vos froides doctrines?
Que demandent au Ciel ces regrets inconstants
Que vous allez semant sur vos propres ruines,
    A chaque pas du temps ?
A. DE MUSSET.

La Belgique, dans la fournaise, se dresse impénétrable au loin, comme une Sphynge tragique. Tournons-nous vers elle pour comprendre le vrai caractère de l'étroite union des nôtres établie là-bas, dans un élan de détresse, avec une si chère spontanéité. La fusion de toutes les énergies au creuset d'une haine farouche, exclusive de tout autre sentiment ; le beau faisceau de volontés que noue au meilleur point du cœur le pacte sacré ; un si magnifique élan d'amour et de foi, tout cela, dès que je l'évoque, en moi revit et j'y retrouve un écho de la mâle affliction partagée avec les compatriotes au pays, durant de longs mois. Les souvenirs se pressent alors en moi avec une si rare abondance, que j'en couvrirais ces pages. C'est comme une plaie qui se rouvre : le sang

est toujours prêt à jaillir. Même lorsqu'on se sentait
s'affaisser certains soirs, naissaient encore au fond
des yeux des mirages d'avenir si beaux que les
ruines et le drame abominable en étaient écartés ?
Et c'était, dans chaque âme, un *resurgam*, un *credo*
d'espérance, une ardeur de vie et de relèvement,
tous les ressorts de la volonté tendus vers la résurrection. Et cette communion auguste où chacun ap-
porte sa plus haute aspiration, ouvrait les ailes à la
Victoire, au rêve d'une Belgique agrandie, grâce à
l'invincible union de tous les citoyens. Car, il faut le
dire, la Belgique écrasée, cernée de barbares ; ce
Bruxelles, où les gens souffrent avec tant de pudeur
et si cruellement dans leur chair, dans leur dignité,
il n'y a pas en Europe un foyer pareil d'optimisme
héroïque. On y suit, par degrés, l'une de ces profondes révolutions morales d'où le caractère d'un
peuple sort transformé. On en relève autour
de soi des indices certains. Les œuvres sociales
ont fait en six mois plus de progrès qu'elles n'en
eussent réalisé en cinquante ans. Rien de beau
comme le flot de tendresse humaine qui s'épanche
d'un cœur meurtri ! Que de bons Samaritains ! De
quelle âme ils dépistaient toutes les détresses ; Le
sublime, on savait ce que c'est, lorsqu'ils avaient
passé.

Et pourquoi faut-il que, franchissant la frontièr e,

on sente cette flamme s'éteindre, cet état de grâce
mollir, dès qu'on se trouve en contact avec les gens
du passé? C'est que, faute d'initiation à la commune
épreuve, ils ne sont pas à la taille du peuple, à
l'unisson de son cœur. Ils n'ont pas partagé avec les
nôtres le pain noir; ils n'ont pas connu comme eux
les humiliations dévorées en silence; ils n'ont pas
senti leurs facultés de sympathie s'ennoblir dans la
douleur. Nul coup d'aile en eux ne les emporta
vers ces sommets de la vie collective où il n'y
a place que pour un magnanime instinct de fraternité. Et c'est pourquoi l'on cherche en vain l'expression de la concorde nationale au sein du gouvernement.

Le contraste afflige.

« L'union nationale, pouvait dire un ministre français, dans une définition récente, ce n'est pas l'attachement à une formule usée et vide de sens que
nous voudrions prolonger artificiellement; c'est une
réalité efficace et vivante. » Nous aussi l'exigeons
telle, parce que telle on la pratique au pays. L'union
sacrée est trop visiblement ici une trêve dorée pour
nos partis, figés dans leurs persistantes erreurs. Elle
abrite à peine une série de compromis entre gens
qui implorent un quitus et d'autres qui quémandent
un alibi. Nous avons suivi ces petits jeux du bout de
la lorgnette, avec des raffinements de discrétion,

sans y prendre un réel intérêt (1). Nous attendions
un signe sincère de ralliement. Il n'est pas venu. Ce
qui surnage, en réalité, c'est l'esprit d'avant-guerre,
une pente à biaiser, à composer, une complète absence de netteté en face des solutions. Comment
voudrait-on qu'il en fût autrement ! On ne se corrige
pas en se déplaçant ; les politiciens portent en eux
le principe de nos maux ; les étiquettes leur collent
à l'âme. C'est leur tunique de Nessus. Un proverbe
arabe assure que l'homme ne saurait sauter hors de
son ombre. D'instinct, le peuple l'a compris. Il n'a
qu'un but, lui, qu'une seule préoccupation, qu'une
seule pensée, l'avenir de la nation qui n'est lié au
sort d'aucun parti. Voilà le souci de tous les Belges
unis et réconciliés dans l'amour du pays. Ils sentent
qu'un gouvernement politique, en rentrant, ferait
renaître les divisions. L'histoire en offre plus d'un
redoutable exemple. Qu'on se reporte aux terribles
inimitiés de Vonck et Van der Noot. Leur trêve,
faute d'une sincère adhésion, fut suivie du plus af-
freux déchirement. Il faut choisir : la haute abnéga-
tion ou les âpres zizanies. La déesse antique portait
aux plis de sa tunique la guerre ou la paix. Nous

(1) Quelques gazettes essaient de couvrir ces jeux. Mais
peut-on exiger de nous que nous considérions comme des
miroirs de l'opinion des eaux croupies où barbotent les oies
du Capitole? Et de qui peut-on l'exiger?

aussi dans les replis de notre âme. Mais nous dési-
rons passionnément qu'il en sorte la paix. Une occasion se présente, unique en notre histoire, d'épurer
nos mœurs politiques, de déclasser les partis,
d'échapper à leurs mares stagnantes où s'enlisent
tant d'énergies. Quelle douleur si elle allait être
perdue ! On peut la saisir aujourd'hui ; on ne le pourrait demain. La faute alors serait irréparable. Les
patriotes sincères ne le pardonneraient jamais.

*\
* *

C'est justice à leur rendre : nos gouvernants entendent exorciser en nous tout esprit de parti. Mais
si leur désir est sincère, que ne s'en montrent-ils
exempts? La subordination de tous à l'intérêt public
est la loi pour eux comme pour nous. Comment re-
tarderaient-ils à leur profit l'heure du destin qui,
pour la Belgique, a sonné depuis plus de trois ans ?
Le pacte sacré ne peut devenir un instrument d'influence à la dévotion des partis. Les petites habiletés
ne sauvent rien : elles découvrent la misère des
procédés.

Seule la précision des actes écarte les malentendus. Pour survivre au présent, un durable accord
ne peut surgir de savantes équivoques, de feintes
irritantes ou de directives ambiguës, mais d'une

transaction loyale et généreuse, honorable pour tous, avec les mesquineries du passé. La paix sociale est à ce prix. La plus belle victoire est celle que nous remporterions sur nous-mêmes. Et puisque les partis ont roulé leur bannière, à leurs chefs de la suivre.

La voix des morts s'élève en nous. Elle nous parle d'avenir. Elle nous dissuade impérieusement de renouer avec le passé des liens que la Belgique, en donnant ses fils et ses larmes, a brisés pour toujours. Le 4 août 1914 marque la fin d'un monde et, nous en portons la certitude enivrante en nous, l'avènement d'un monde nouveau.

La guerre a mis le peuple en face de ses responsabilités. Il a chèrement payé le droit de reprendre le contrôle sur ses propres destinées. Pourquoi ne pas lui permettre de se ressaisir, de chercher sa voie, de se frayer une issue et, dans des conditions de complète impartialité, de faire, en maître, à l'abri des pressions indiscrètes, un choix délibéré ? Au fond de ses ténèbres intimes, une lumière, encore incertaine, brille et grandit. Nous ne voulons pas que des habiles éteignent cette flamme de vie qui projettera demain sa clarté divine sur les routes de l'avenir.

Nous cheminons côte à côte sur des tombes fraîches. La mort comme « l'amour crée les égalités et ne les cherche pas ». Nous avons, nous, de l'égalité

une idée vivante, organique et belle. Elle nous porte
à voir dans les intelligences unies des cellules actives, homogènes, égales en utilité, socialement
équivalentes, et dont la convergente évolution assure
à l'âme collective une harmonieuse unité.

*
* *

Cela nous paraît une chose grave, unique en Europe, de laisser l'exercice d'un pouvoir sans contrôle
à des hommes de parti. Pour le faire, on se fonde
sur quoi? Sur le sable mouvant d'une opinion que la
tempête a bouleversée? Où sont donc les partis? En
Belgique, il n'y en a plus. Des millions de Belges,
avertis du néant des étiquettes, entendent se recueillir. La plupart aspirent à se compter dans un
parti de centre, unioniste, économique, de reconstitution nationale. Au fond, il importe assez peu. Nous
ne voulons barrer l'avenir à personne. Contre les
formations anciennes, aucune torpille ne partira de
mon bord. Tous les groupes exercent à leur heure
une légitime influence. Leur lutte est la condition
du progrès. Le meilleur parti, selon moi, est celui
qui sert le mieux l'Etat sans briser l'initiative dans
les individus. Mais la concorde, indispensable à la
résurrection du pays, on ne peut la rendre durable
avec le concours des gens du passé. On ne peut sou-

7

lever un monde avec des leviers brisés. Comment seraient-ils les arbitres d'une situation que leur imprévoyance a créée? Quel titre ont donc pour engager l'avenir ceux qui ont compromis le passé? Depuis quand les faillis sont-ils les syndics de leur propre déconfiture? Est-ce donc sans sujet que nous avons perdu la foi en la portée de leurs efforts? L'union qui n'a point pour base une confiance mutuelle est inopérante. Et comment l'aurions-nous, cette confiance, lorsque nos bonheurs sont détruits, nos foyers en cendres, nos beffrois ensevelis, la gloire des siècles outragée? Une politique se juge sur ses résultats. Voilà ce que dit le peuple. On ne lui fera pas croire qu'il est inapte à fournir des pilotes, à l'heure du danger, ou qu'on ne puisse faire appel à ses réserves inemployées, à ses ressources en talents, en énergies, en caractères. Il en a fait lui-même au pays un trop décisif essai. (Comité national de secours.)

*
* *

Tout se transforme autour de nous. Les Anglais traditionalistes ont plié à des révolutions rapides, imposées par le salut, l'existence nationale, les mœurs politiques, les cr    ptions du devoir, jusqu'au recrutement du personnel. On a vu des généraux de vingt-cinq ans sur le front des Flandres, un simple homme d'affaires élevé à la dignité d'amiral, comme au cours des guerres des Provinces-Unies. L'ébranlement de la crise a été profond. L'atmosphère a trop électrisé les âmes ; la tourmente en modifie le rythme intime et délicat. Tout y subit une décisive épreuve : déjà nos critères ont varié. Des principes, hier essentiels à nos yeux, refluent en désordre comme des soldats vaincus. D'autres accourent au premier plan, s'imposent, éclairent notre jour moral. Un nouvel équilibre, à notre insu, s'établit. Mais l'esprit public n'est pas moins ébranlé. Entre le peuple et les représentants, la dissidence est frappante partout. Partout, les Parlements sont dépassés par une opinion inquiète que la souffrance a mûrie. Et lorsque tout cède à ces métamorphoses, quelques politiciens sans contrôle entendraient perpétuer chez nous le caprice inamovible de leur incurie ?

Peuvent-ils croire que les aiguilles de l'esprit public marquent immuablement l'heure de leur départ et que la pensée du peuple est restée en suspens depuis 1914 (1) ? Qu'ils aillent donc à Bruxelles; ils y verront des foyers qui brûlent en silence, l'éclosion de germes admirables, une rénovation

---

(1) Se rendent-ils un compte exact des sentiments que font naître en des gens de cœur l'humiliante obligation, par exemple, d'apposer, quatre fois le mois, leur signature sur des registres de contrôle ?

latente du caractère, une culture ardente du sens
social, une révolution intime, impatiente de s'inscrire
dans les faits. Entre ces conceptions et les leurs, il y
a un abîme. Espèrent-ils le combler avec des mots?

*<br>* *

Quand partirent M. Pachitch de Nisch, M. Bratiano
de Bucarest, tous deux recommandèrent au Parlement : « Suivez-nous. » Quand M. de Broqueville
quitta Bruxelles, il ne laissa pas de dire aux manda-
taires : « Surtout, restez. » Il y a là quelque différence,
j'imagine. Notre gouvernement a voulu des Chambres
*introuvables*, dont on peut proroger la validité des
mandats. Mais proroger un Parlement qu'on est
certain de ne pouvoir réunir, c'est un pur expédient.
En fait, il a détruit deux branches du pouvoir législatif. Reste la troisième : le Roi.

Une loi, pour être faite, a besoin, comme on sait,
de la sanction de ces trois organes. Après le suf-
frage des Chambres, à son tour le roi vote en pro-
mulguant. Pour le roi, promulguer, c'est voter. C'est
ce qu'on appelle le droit de veto législatif, dont l'origine remonte à l'ancien régime où le roi était la
source ordinaire et normale du pouvoir législatif.

Les deux Chambres ayant été mises dans l'impos-
sibilité de se réunir, leur pouvoir est tari. Des trois

rameaux législatifs, deux sont donc morts ; le troisième reste vivant, c'est le roi qui puise, dans son
pouvoir législatif indestructible, la force nécessaire à
la légalité des arrêtés-lois.

Il en résulte une situation fausse, un malaise indicible, à mesure que la guerre se prolonge. On se perd
en conjectures sur les raisons du *statu quo*. Chacun
interprète à sa manière cette attitude sibylline. Quelque intention qu'on lui découvre, aucune n'arrive à
persuader une raison froide et délibérante. Ce que le
peuple sent avec force, j'entends le définir avec précision. Comment veut-on qu'il s'intéresse à des rai-
sonnements dont on lui cache les données, mais dont
on se flatte de lui imposer les conclusions ? Il faut
pourtant fournir une réponse aux questions passion-
nées de son cœur. L'indécision ne résout rien. Elle
engendre des équivoques irritantes. On a beau se
fuir, atermoyer, chercher des raisons, tirées de la
prudence, de vains scrupules ou d'intérêts, une
nécessité intérieure, implacable vous ramène impuis-
sant devant les problèmes irrésolus. On n'échappe
pas à l'ombre du destin. Elle vous enveloppe, elle
vous presse, elle vous tient.

Dans de pareilles conjectures, Léopold I$^{er}$, le roi
sage, n'eût pas hésité. Relisez les lettres à Thiers.
Il déclare nettement que, les Chambres fussent-elles
présentes, il choisirait en dehors d'elles son gou-

vernement. Léopold II, n'en doutez pas, eût saisi ce moment psychologique, ordonné par l'histoire, pour briser le cercle où une politique inintelligente emprisonna le victorieux essor de son génie. Qu'il serait beau et conforme à la hauteur d'âme d'un Père de la Patrie de faire enfin le signe attendu de ralliement, de pacifier les amertumes anciennes, de réunir au sein d'une même affection tous ceux que des querelles impies ont faits des exilés dans leur propre pays ! Alors, sur les ruines passerait une onde d'espérance, annonciatrice d'une ère de justice sociale où la beauté des tâches immenses unirait toutes les forces vives et les âmes apaisées dans une joyeuse ardeur de relèvement. La justice sociale est la plus puissante excitation au bien. C'est, unis dans ce vœu, que des millions de Belges se tournent vers la plage d'Elseneur : les étoiles y brillent encore de tout l'éclat de leurs espérances.

Une élite d'esprits libres et spécialisés, détachés des partis, un cabinet extra-parlementaire peuvent seuls exprimer jusqu'au retour la forte unité de la conscience collective. La Belgique attend son gouvernement provisoire. Une grande soif de justice est au fond de ces aspirations. Tout d'abord un désir de purifier les urnes où la fraude a distillé ses élixirs corrompus. Spinoza a marqué la tâche à l'avance dans son *Traité politique :* « Constituer un pouvoir tel qu'il n'y ait plus de fraude ; bien mieux, établir partout des institutions faisant que tous, quelle que soit leur complexion, mettent le droit commun au-dessus de leurs avantages privés. » Il faut pour cela des garanties que des hommes de parti sont hors d'état de nous fournir. Égalité politique, respect des sincérités, ferme autorité de direction, frein d'une discipline nationale ; réformes intérieures concertées par toutes les classes sociales et les deux races ; nulle inféodation au dehors : souple opportunité dans l'application des principes bien définis de notre politique étrangère ; contrôle attentif, direct de notre diplomatie, des traités, des ententes économiques par le Sénat, comme dans l'ancien statut de Venise, tels sont les principaux ressorts d'une rénovation de notre organisation politique. Il faut sortir résolument des ornières du passé. Quelque chose de grand va naître : à chacun d'y aider. Le point de départ de nos désastres n'en peut être le point d'aboutissement. Car si nous devions retourner à la source de nos maux, nous finirions bientôt par les mériter.

Janvier 1918.

# LE LIEN NATIONAL ET LA QUESTION FLAMANDE

A la Belgique une et indivisible.

Cicéron rapporte de Caïus Gracchus un propos infâme colporté par les conservateurs et que celui-ci n'a probablement jamais tenu. Lorsqu'il évoqua les lois frumentaires et judiciaires, qui allaient mettre aux prises les deux fractions de la noblesse, le fameux tribun aurait découvert ses intentions : « J'ai jeté dans le Forum, lui aurait-il échappé de dire, des épées avec lesquelles les Romains s'entre-tueront. »

Les Allemands, en ranimant les querelles de langues, ont, sans démasquer leurs desseins, jeté parmi nous de semblables épées. Elles seront recueillies avec soin pour en percer les traîtres d'abord, puis pour perpétuer dans nos trophées le souvenir exécré de la bassesse de nos ennemis.

Le peuple, avide de lumière, écarte d'instinct de sa conscience les ombres dont on voudrait l'obscurcir. Il aperçoit le véritable caractère du lien national.

Avant la guerre, il apparut fragile à certains. Aux

perfides insinuations pourtant la Flandre a donné
une réponse éloquente et sans réplique. Elle fut exacte
au rendez-vous du destin. Ses régiments, au premier
signe, accoururent expirer sur les rives mosanes,
dont les primitifs Flamands, cinq siècles plus tôt,
venus comme eux du Limbourg, avaient peint avec
tant d'âme la finesse élyséenne et les enchantements.
D'instinct, là, les mains se sont jointes en face du
danger. Une même angoisse a crispé les cœurs. Puis,
sur les bords de l'Yser, sublimes, éperdus, hagards,
les Meusiens mêlèrent leur souffle épique à celui des
Flamands. Une même étreinte à jamais les unit.
Comment après ces épousailles, immortelles autant
que les exploits qui les consacrèrent, comment le
lien national ne s'en trouverait-il pas resserré?

# I

Mais il importe, avant tout, de se mettre d'accord sur le caractère du lien national, de le bien définir. Il s'en faut qu'une doctrine ait reçu l'unanime assentiment des Belges à cet égard. La Belgique serait de formation récente, au dire de plusieurs; elle aurait, selon d'autres, de très anciennes origines. Elle porte en soi, insinuent les uns, les contrastes et les inconciliables aspirations de deux races. Elle représente, au contraire, assurent quelques autres, un invariable groupe humain, une masse homogène, dont l'âme belge est la fleur et le fruit.

Pour dégager les principes cristallisés dans ces formules irréductibles, il ne faut pas cependant une pénétrante intuition. Dualisme ou parfaite unité correspondent à des vues fondamentales où sont engagés de gros intérêts. L'idée qu'un peuple se forme de son développement peut servir de base critique à toutes ses conceptions. Elle explique les grands partis pris d'après lesquels se règle la volonté collective. Les fautes historiques ont pour origines souvent de malignes équivoques, sources de malentendus. Aussi

n'apportera-t-on jamais, dans l'étude de ces questions
difficiles, un sens trop délié des distinctions, un souci
de précision qui écarte les chances d'erreur. Ce n'est
point d'un tel sentiment que s'inspirent apparemment ceux qui, dans la filière historique des faits, ont
cru reconnaître un enchaînement d'efforts liés, de
calculs suivis, multipliant les confusions, peut-être
volontaires, en tout cas utiles à leur démonstration.

A les serrer de près, on discerne aisément que ces
faits se rapportent à des principes distincts. Selon
leur espèce, je les range en trois catégories nettement déterminées, ceux qu'engendrent le despotisme,
ou la diplomatie, ou bien une tendance collective.
L'unité nationale offre, en effet, un caractère essentiellement différent, selon qu'y président une dynastie,
une combinaison de chancellerie, ou la volonté directe
d'un peuple.

Qui ne voit que chez nous la politique unitaire des
Bourguignons, par exemple, a pour effet de monar-
chiser le pays contre son gré, grâce à des conquêtes,
à des traités, par des massacres, à force d'humiliations? Plus tard, le plan de Granvelle d'unifier nos
territoires en monarchie de Basse-Allemagne; celui,
que soumit Ferhand Gonzague à Charles-Quint,

d'ériger les Pays-Bas en Royaume autonome; celui
d'Hoppérus (un des conseillers belges résidant en
Espagne), et celui d'Erasso, secrétaire de Philippe II,
portent ostensiblement le sceau de l'absolutisme espagnol. Une même idée inspire tous ces projets : 
imposer une fiscalité capricieuse aux Communes,
irréductibles sur le droit de voter les impôts. Qu'un
certain despotisme ait favorisé l'essor du grand commerce et ménagé à la haute bourgeoisie, écartée de
la direction des affaires, une occasion de revanche,
ardemment saisie, je n'y contredis pas. L'ordre est le
prétexte éternel du despotisme, et celui qui trompe
le moins. Mais gardons-nous de voir une preuve
d'unité morale en des entreprises auxquelles les Communes flamandes et la Principauté de Liége ont ré-
sisté avec l'énergie du désespoir.

\*
\* \*

Voici un autre ordre de faits. L'histoire diplomatique affirme, avec une surprenante insistance, l'intégrité de nos provinces, ou, plus exactement, leur
caractère de domaine intangible. Plusieurs traités
formulent et confirment, à de longs intervalles, un
même désir d'unité. Déjà, dans une *Pragmatique* de
1549, puis en 1598, lors de la cession de la souveraineté des Pays-Bas catholiques à l'Infante Isabelle, il

est expressément stipulé que les provinces belgiques doivent être tenues en *masse inséparable*. Le traité de la Barrière, du 15 novembre 1715, y revient avec une complaisance appuyée, en appliquant au pays l'expression de *seul, indivisible, inaliénable et immuable domaine*. Le traité de La Haye, du 10 décembre 1790, déclare à nouveau que les provinces belgiques doivent composer un *seul, indivisible, inaliénable et immuable domaine*. La volonté de l'Europe, qui se définit de la sorte, à travers les siècles, avec une précision croissante, eut pour définitive expression la conception diplomatique de la Barrière. Celle-ci fit, depuis trois siècles, comme on sait, de nos territoires, une digue, un élément de résistance, un organe essentiel de l'ordre européen. Idée forte et dont l'invariable aspect se lie à ce qu'offre d'immuable une situation géographique. Maîtresse de concorde, elle rapproche, elle cristallise indirectement le sentiment national. De nos forces éparses, elle fit un faisceau. Mais, en réalité, notre unité morale est son moindre souci. Une volonté cosmopolite est son unique inspiratrice, excellente lorsqu'elle se subordonne à nos intérêts, odieuse, illégitime, lorsqu'elle nous forge des liens et nous engage, comme en 1815, dans une union sans avenir.

\*
\*\*

Si, écartant ces deux ordres de faits, nous recher-
chons ceux par où se manifeste une tendance collective à s'organiser en corps social, en individualité
politique, ils sont clairsemés, récents, modernes en
tout cas. Ce pur patriotisme qui, de bonne heure,
dicte aux petites Ligues helvétiques l'idée d'une défense commune, est tardif chez nous. Dans un sursaut de révolte, il se fait jour, et pas pour longtemps,
lorsque, par une étrange méprise, un esprit distingué,
disciple de Raynal, Joseph II, s'attaque à nos traditions. Il éclate avec fureur en 1830. Il arrache à la
nation tout entière en 1914 un cri de ralliement d'une
foudroyante éloquence. Mais il est l'ouvrage des siècles, d'un laborieux enfantement. Au plus fort de nos
guerres religieuses, déjà quelques membres des États
Généraux s'efforcent, au XVIᵉ siècle, de joindre en un
viril hymen la Belgique à la Principauté. L'idée,
embryonnaire, se cristallise à la longue. Deux siècles
plus tard, les proscrits belges et liégeois, les *Vonc-
kistes* et les *Chiroux*, méditent à Paris de faire de
Liége et des Pays-Bas un nouvel État, une démocratie représentative, une République belge où deux
Chambres exerceraient le pouvoir législatif. Préface
brillante à l'œuvre de la Révolution! Un même idéal

oriente les forces éparses, les concentre et les noue.
Certes des nuances y sont perceptibles. Mais tout
Belge porte en poche un projet. L'unité morale est
réalisée dans les âmes avant de l'être au sein des
faits. Elle guette une occasion propice. Bientôt, dans
les formes légales, elle trouvera un définitif abri.

\* \*
\*

Des faits d'ordres si différents se refusent, on le
conçoit, à la compression d'une formule absolue. Les
tragédies de l'Histoire en sont venues encore modifier
les effets. La Belgique, en ses parties constituantes,
incessamment a varié. Sa frontière, au temps de
César, allait jusqu'à Verdun ; et c'est aux populations
comprises entre ces confins que s'applique une phrase
trop prodiguée des *Commentaires*. Au cours des
luttes contre Maximilien d'Autriche, en 1488, un
traité d'alliance unissait la Zélande, la Flandre, le
Brabant, le Hainaut. Liége appartient, jusqu'à la
Révolution française, à une conscription du Saint-
Empire, le Cercle de Westphalie, et dix siècles
durant, son prince siège à la Diète teutonique. Jusqu'à
la Réforme, il est très vrai, une solidarité organique
unit les Pays-Bas comme les membres d'un corps
vivant. Les comtes de Hornes, de Berlaymont ou de
Bréderode ont alors pour centre commun d'attraction

Bruxelles et non la Diète teutonique, Versailles ou la Haye. Après la Sécession, les Pays-Bas, obligés de conclure, accusent des divergences, affirment à la longue, par moitié, des personnalités distinctes. Sans cesse, une main capricieuse remanie la carte au gré des événements. Le traité d'Aix-la-Chapelle cède à la France, en 1668, Douai, Lille, Armentières, Ath, Tournai, Binche, Audenarde, Courtrai, que restitue, dix ans plus tard, le traité de Nimègue. La Belgique est comme un arbre émondé par la tempête. A la fin du xviii° siècle, elle est réduite aux duchés de Brabant, de Limbourg, de Luxembourg, de Gueldre, à la seigneurie de Malines, aux comtés de Flandre, de Hainaut, au Namurois. Le simple énoncé de ces faits amène à la conclusion que la nation belge, en tant qu'unité morale, n'a point d'anciennes origines, et, partant, qu'en ce sens toute thèse demeure étrangère à la réalité, scrupuleusement dégagée des préoccupations de système.

## II

Un État, par définition, exprime une fonction orga-
nisatrice ; il est le moteur et le frein, le régulateur et
l'arbitre ; pour vivre, il a besoin d'ordre ; il engendre
un être juridique, une personnalité morale : son
dogme est l'unité. Tout ce qui revêt ce caractère prête
à son autorité un support, un ferme appui. Aussi
quoi d'étonnant à ce que la remarquable Histoire de
M. Pirenne fût accueillie d'emblée par les pouvoirs
comme doctrine officielle ! Elle enveloppe nos origines, à la façon des anciens, d'une légende acceptée,
propagée en tous sens ; et comme, en outre, elle
emprunte à la science sa méthode, elle semble créer
à la nation des titres sur l'authenticité desquels il est
bien permis d'élever de timides objections. L'œuvre
assurément mérite un sincère hommage. Construction
puissante, assise sur une documentation précise, et
minutieuse parfois, sur une solide érudition, elle dispose avec art des preuves, en tire habilement d'ingénieuses inductions, multiplie les aperçus reliés entre
eux par des formules inspirées de l'économie politique
et aboutit, avec la rigueur d'un syllogisme historique,

à la conclusion de notre parfaite unité. C'est une démonstration. Ce qui peint le caractère d'un peuple est écarté *a priori*. On y chercherait en vain des vues philosophiques. Nulle curiosité du drame intime qui transforme les principes en faits, l'éthique en droit, la pensée en action. Aucune de ces pénétrantes intuitions, qui mettent à nu la sensibilité collective. Les faits économiques offrent une explication invariable des événements. C'est leur dénominateur commun. On ne semble vouloir à la race que ce miroir étroit : aussi les tableaux qui s'y encadrent ont-ils quelque chose d'étriqué : l'âme du peuple en est absente : on n'a que le reflet de sa comptabilité. L'esprit de système, à défant d'esprit de finesse et d'une plus vaste perspective, est ici venu tout gâter.

On a reconnu les méthodes du matérialisme historique, illustrées par Lamprecht. Cette école, essentiellement allemande (1), en formulant le dessein de détruire la notion de race, envisagée dans son effort historique, ne réussit, après tout, qu'à lui donner une base économique inébranlable. Cette thèse attachante, originale, curieuse, enrichit nos conjectures historiques d'une profusion d'aperçus nouveaux. Mais, en

---

(1) Au résumé, le matérialisme historique et certaine sociologie, qui emprunte une dialectique servile aux sciences d'observation, transposent en économie politique ou en biologie, le syllogisme hégélien.

politique, elle ne rencontre aucune application :
l'exemple de l'Allemagne en souligne à nos yeux les
criantes erreurs. A force d'atteindre invariablement
un but défini, marqué à l'avance, elle enchaîne, en
théorie, l'histoire à sa dialectique, en recherchant les
preuves d'un dessein préétabli. Or, la destinée d'un
peuple est écrite à l'avance dans ses nerfs, dans son
sang, non dans les données économiques que la nature
propose à son effort. Son génie est l'artisan de sa
fortune, identique à travers toutes ses manifestations.
Les traits inscrits dans la manière dont il approprie
à ses besoins le milieu, caractérisent, éclairent aussi
sa physionomie morale. A mesure qu'il s'élève, il
s'épure, ennoblit ses instincts, selon les lois d'une
indestructible unité.

Le matérialisme historique, auquel se rattache l'effort de M. Pirenne, appelle des réserves expresses,
même dans la stricte observation des faits. Il suffit
qu'on les interroge avec sincérité. La situation géographique importe assurément, mais seul le génie de
la race l'approprie à ses besoins.

Bien que le seul mode de navigation, le cabotage,
qui oblige à de fréquentes escales, limite la durée
des voyages, et fasse de Bruges, au moyen âge, une
étape où se rencontrent, à mi-chemin, les caraques
de la Ligue hanséatique et les caravelles vénitiennes,
la Flandre a tiré là, de circonstances exceptionnelles,

un médiocre avantage. La Banque y est le monopole incontesté des Lombards. Le commerce y est à la dévotion des exportateurs étrangers. Bruges est un comptoir où une démocratie se borne à échanger ses produits manufacturés. Certes le Flamand est un artisan de génie, mais un industriel avisé plutôt qu'un habile négociant. Par contre, Florence, encerclée de montagnes, écartée de la côte, cité manufacturière, d'emblée est devenue la première place de banque de l'Europe. Florence et Gand se consacrent à la même industrie des tissus ; chacune d'elles réclame au dehors un large excédent de matière première, objet d'un trafic important. Faute de se spécialiser, les *poorters*, les capitalistes de Flandre, se livrent à des spéculations dépourvues d'envergure et n'y apportent un peu d'ampleur que lorsque, assurés de morceler les risques, pressés par le besoin, ils s'associent, pour l'achat des laines anglaises, au sein de la Hanse dite de Londres, sous la garantie collective des Communes. A Florence, au contraire, les marchands de *calimala*, qui approvisionnent l'industrie de toisons étrangères, allient hardiment le négoce à la finance, étendent leurs opérations de grand style au monde entier, pratiquent couramment le marché à terme et font des emprunts d'État. Ce qui entre en jeu ici ce n'est pas le facteur économique, infiniment variable en ses effets, mais chez les uns l'éducation des nerfs,

la technique professionnelle (1), fruits d'une longue
patience, et chez les autres, la vive intuition, la prévision subtile, l'initiative audacieuse, autant de brillantes aptitudes, aiguisées par la lutte. En veut-on
d'autres exemples, et non moins frappants? Sur ce
sujet, je ne tarirais pas. Depuis qu'un Brugeois,
Louis de Berghem, inventa en 1476, l'art de tailler
le diamant, cette industrie très rémunératrice est
restée, en ordre principal, aux mains des Flamands.
Elle occupe, à Anvers, une élite de praticiens réputés. Les Compagnies anglaises de l'Afrique aus-
trale, en dépit d'offres alléchantes et de gros sacrifices, ont vainement tenté de transplanter l'artisan
près de leurs gisements et des foyers d'extraction.
Car la matière est serve : la main-d'œuvre a fixé son
centre de gravitation : la technique professionnelle
lui a définitivement imposé sa loi.

(1) L'histoire atteste, au surplus, la persistance de ces aptitudes. En Flandre, on les retrouve intactes aujourd'hui. Lorsqu'Anvers, au xvie siècle, est l'entrepôt du monde, la finance
y est aux mains des Gresham et des Dozzi, des Fugger et des
Hochstetter. — Par contre, en Italie, le négoce a toujours été
favorisé par le développement du crédit. La Banque de Saint-
Georges de Gênes et le Monte dei Paschi de Sienne, à travers
les siècles, ont continué leurs opérations. Le drainage de l'or
a été l'une des forces de Venise. « Nous sommes les maîtres,
affirme un doge, de l'or de toute la chrétienté. » Il est remarquable aussi que l'essor de l'industrie, au sein de la République,
ait coïncidé avec la décadence de son négoce.

*   *
*

C'est la force innée des dons, et non la situation géographique, qui éleva souvent de petits peuples à la hauteur de leurs espérances. Voyez Venise et le Portugal. Le monopole du commerce des épices a caractérisé l'hégémonie commerciale et maritime de ces petits États. Mais, pour le conquérir, quel vaste emploi de l'âme et de la vie ! Quel déploiement de la force virile ! Quels splendides instincts dominateurs ! Quelle véhémence dans le désir ! Quelle allégresse dans l'espérance! La domination maritime est la condition de leur succès. Il ne suffit pas à Venise de fréquenter les centres d'échange et de transactions actives, Constantinople, Beyrouth, les Échelles du Levant, l'Égypte, et d'y rencontrer les grands marchands arabes. Car ce n'est pas sur la lagune que Venise a fixé son destin. Elle assura par des conquêtes, des points d'appui, des comptoirs, des bases navales, enjeux de luttes âpres et sans merci, la voie maritime qui va de Venise à Constantinople et les routes commerciales des Balkans. La grande « preneuse de cités », la Persépolis vénitienne a dû courber, sous ses convoitises, autour des mers levantines, une guirlande de cités ; cet essaim de belles captives a formé le lien de son empire. Elle dut le défendre

incessamment. Elle y consacra, près de dix siècles,
sa pensée la plus déliée, la goutte la plus pure de son
sang ; et la bravoure de ses escadres, les prévisions
géniales de ses diplomates, le sens réaliste, hardi de
son négoce, ont fait converger dans le chef-d'œuvre
unique de sa vie la variété prodigue et la plénitude de
ses dons.

Et pour ravir à la République Sérénissime son
monopole des épices, quelles dépenses de vivace
énergie n'a-t-il pas fallu au Portugal ! Il fallut une
génération de conquistadors, de découvreurs de
mondes, d'argonautes au front d'airain, le périple de
Diaz, les croisières immortelles de Vasco, de Cabral,
d'Albuquerque, une incomparable odyssée, la découverte merveilleuse, alors inouïe, de la voie directe
des Indes, le négoce avec Calicut. Puis des soucis
obsédants pour rendre effectif le monopole : surveiller
les débouchés de la mer Rouge; en écarter les vaisseaux arabes, égyptiens ; exercer un contrôle inces-
sant sur toute l'étendue de l'océan Indien ; ruiner les
routes commerciales qui, de l'Inde, allaient par voie
de terre en Syrie, et, pour cela, s'établir à Ormuz,
dans le golfe Persique. Ce qui pousse irrésistiblement
en avant la voile lusitanienne, on le voit bien, c'est la
salubre ivresse des océans, l'initiative héroïque, la
passion active d'un peuple acharné après l'impossible
et le surhumain.

Et que d'autres exemples! On n'en finirait pas. Le
facteur économique exerce donc le génie des races :
il ne le crée pas : voir une cause en lui, c'est confondre l'empreinte et le sceau. Car il n'y a rien de
déterminé dans les solutions grandioses et toujours
imprévues qu'un peuple donne au problème économique. Il les porte en soi, dans ses nerfs, dans son
sang surexcité par la vive imagination, par l'âpreté
du désir, par l'aiguillon de la nécessité, par de sourds
et magnanimes instincts. On m'excusera d'y insister.
Mais la légende est tenace : elle agit comme ces végé-
taux qui descellent à la longue la pierre et faussent,
en se développant, la logique de nos constructions.
Il faut bien que je rejette, en passant, cette fleur du
chemin...

# III

De la théorie unitaire, ayant pour support le
facteur économique, est sortie, comme d'une chry-
salide, la notion récente, artificielle, à mon sens,
d'une âme belge. On a pu s'y méprendre. Un certain
métissage, opéré dans les centres, par le croisement
des races, a porté d'aucuns à voir dans une âme
belge une commune expression, un ciment, une clef
de voûte des esprits. On sent trop aujourd'hui ce que
le trouble afflux du cosmopolitisme, avec le masque
de cette formule, essaya de défaire en nous de liens
sacrés. Une âme belge, au sens strict du mot, n'a
jamais existé. Nul artifice ne peut la créer. Aussi
bien ne nous y prêtons pas. Restons fidèles à nos
origines : la noblesse de l'homme est là. La raison
d'État ne peut, sans nous détruire, exiger de nous
le reniement du passé. Un dessein, ferme à cet
égard, exprime, en traits distincts, les physionomies
flamande et wallonne que les siècles nous ont buri-
nées. Oui, nous voulons, non sans fierté, qu'on nous
reconnaisse pour ce que nous sommes vraiment.

\* \*
\*

La Belgique, en effet, ne s'est pas formée, autour
d'un embryon, successivement ; elle n'est pas non
plus le produit d'un amalgame d'éléments divers,
comme en beaucoup d'autres Etats. Certes, elle est
le fruit d'un pacte inviolable. Mais enfin les deux
éléments qui la composent, à travers les âges, sont
restés distincts. Preuve en soit la frontière linguistique qui, mise à l'épreuve des siècles, n'a pas fléchi.
Ce dualisme ethnique, en principe, avec ses caractères affirmés, n'a rien que d'excellent. Si à notre
activité commune, au lieu d'une source, il y en avait
deux, quel mal y verrait-on ! La Belgique est la raison sociale de deux petites races qui cherchent à leur
génie propre un sûr abri dans de communes institutions.

\* \*
\*

Affirmer que ce dualisme aboutisse nécessairement à d'inconciliables aspirations, c'est ce que j'entends contester ici. Entre les diverses parties du
pays, le concert n'est jamais si spontané, à raison de
mœurs municipales et de notre particularisme impé-
nitent, qu'on y puisse reconnaître une parfaite unité ;
c'est vrai. Mais leurs vues ne sont jamais si diver-

gentes qu'on puisse y voir indifférence, incompatibi-
lité. Après la bataille de Courtrai, Liége est la
première à féliciter les Flamands. A diverses reprises,
elle envoie des vivres aux Gantois révoltés. En 1346,
Liége s'unit dans un traité d'assistance mutuelle aux
Communes flamandes. Il est digne de remarquer
aussi qu'un traité, conclu à Saint-Trond, en 1518,
oblige l'évêque de Liége, allié de l'Espagne, à
prendre les armes chaque fois que sont menacées les
dix-sept provinces unies sous le sceptre du roi catholique ; ce qui arrive, en réalité, cinq fois sous
Charles-Quint et se renouvelle au début du règne de
Philippe II. Or, en 1577, au plus fort de la guerre
entreprise par l'Espagne contre les révoltés des Pays-
Bas, et bien que ceux-ci fussent protestants, le
Prince-Evêque, Gérard de Groesbeek, proclame la
neutralité de la Principauté. Disons mieux, il a
peine à contenir les villes du Comté de Looz, qui se
déclarent ouvertement pour les *Gueux*. Enfin, il
suffit de feuilleter les annales liégeoises des lignages
pour y relever d'incessantes alliances et des croise-
ments avec les bonnes familles de Flandre ou de
Brabant. Et notez qu'il s'agit là d'un petit Etat dis-
tinct, uni à nos provinces de sentiments, d'intérêts,
mais qu'une limite arbitraire a confiné dans l'Empire allemand. Entre les autres provinces wallonnes
et la Flandre, il y a des rapports suivis. Dès le

xv<sup>e</sup> siècle, leurs députés siègent aux Etats-Généraux ;
un coude-à-coude s'y établit : des affinités se déclarent, des points de contact se font jour, se multiplient : une conscience collective s'éveille au fond de
tous. La tribune, au surplus, est le banc d'épreuve
des communes espérances. Déjà la solidarité, en
matière fiscale, est étroite. Il suffit qu'une ville élève,
au sujet de quelque impôt, des objections pour que,
derrière elle, aussitôt s'abrite et se groupe une résistance sourde, unanime, inflexible. Mais il n'y a là
rien de concerté. Lorsque Juste-Lipse affirme :
« Tout le monde considère à bon droit la Belgique
comme une puissante individualité », c'est une phrase
de polémiste, écrite en vue de desseins trop bien
définis, inapplicable en tout cas à la période convulsive où la Réforme, en nos provinces, avait brisé
l'unité de la foi, mais elle est vraie en ce sens qu'un
être juridique apparaît déjà dans nos façons de vivre
ensemble ou de concevoir la forme des contacts
sociaux. Or, nous touchons ici le véritable caractère,
en Belgique, du lien national.

*
\* \*

Renan, dans une célèbre étude, a groupé, sur
l'idée nationale, un ensemble de vues fortement médi-

tées (1). Il a pulvérisé, sur ce point, les erreurs du
passé, de choquants anachronismes, bien des préjugés tenaces. En suivant les détours d'une dialectique
ondoyante, il a démontré que ce qui constitue une
nation, ce n'est ni les biens matériels, ni de parler
la même langue, ni d'appartenir au même groupe
ethnographique, mais c'est une âme, un esprit, une
famille spirituelle résultant d'un riche legs de souvenirs communs. Et cependant, sa formule harmonieuse, ouverte à des acceptions si nombreuses, est
inapplicable à la Belgique, à la Suisse, à bien d'autres
Etats. Car l'idée nationale est inépuisable en ses
combinaisons. La conscience sociale est pour les
Belges la forme active du principe des nationalités.
Une similitude d'évolution, surtout les mêmes mœurs
politiques, un même passé de démocratie l'ont fait
naître et grandir en nous. Enfin je vois en elle une
expression du désir raisonné de petits groupes
humains, trop faibles isolément, et qui mettent, avec
des droits égaux, leur génie propre à l'abri de communes institutions (2). Aucune conception de l'idée

(1) Dans une lettre fameuse à Mommsen, Fustel de Coulanges avait, avant Renan, semble-t-il, conclu dans le même
sens.
(2) C'est l'*hospitium publicum* de la ligue latine, avant
l'avènement de Rome. L'article 2 de la Constitution suisse
énonce : « La Ligue helvétique a pour objet : de soutenir
contre l'étranger l'indépendance de la Patrie. » La Confédéra-

nationale, à mon sens, ne fait à la liberté humaine un plus large crédit.

\*  
\* \*

Faire de la vie d'un peuple un ensemble lié en toutes ses parties est à coup sûr l'objet principal d'un Etat. Mais lors même que ces parties y convergent avec force, l'unité n'est jamais si parfaite que des nuances ne s'y fassent jour. Pas une nation d'Europe qui n'offre, entre ses membres, ces vives oppositions qui s'éteignent, à la vérité, devant une menace extérieure, mais dont les contrastes, en s'accusant, contribuent peut-être, après tout, à donner du ressort à la vie nationale. Les contrastes, au sein des petits Etats, sont nécessairement plus tranchés : l'identité des contraires n'y est pas comme dans les autres, ménagée par une gamme nuancée de transitions. La dualité belge a causé, de ce point de vue, bien des méprises. Nos divergences, en fait, tiennent aux origines, mais sans aboutir jamais, comme ailleurs, à ces abîmes creusés par les guerres civiles. L'unité nationale, ouvrage des siècles, s'est réalisée plus len-

tion suisse, selon la constitution, a pour objet « de maintenir et d'accroître l'unité, la force et l'honneur de la nation ». Unité est synonyme ici de force et d'honneur.

tement qu'ailleurs, insistons-y, parce que précisé-
ment la force est restée étrangère à sa formation.
Voyez plutôt de quelles convulsions, de quels faits
de violence inouïe s'accompagne en Europe la constitution des grands Etats. Pour fondre en France les
éléments divers, les soumettre à l'amalgame, unir le
nord au midi, il fallut « une véritable extermination
et, pendant près d'un siècle, a-t-il été dit, des procédés de terreur ». Comptons le massacre des Albi-
geois, les *rigueurs salutaires* de la Saint-Barthélemy,
la révocation de l'Edit de Nantes, les tragédies de la
Révolution, l'insurrection de la Vendée, et l'on verra
ce qu'il en coûta de se créer à une nation, homogène
aujourd'hui, et qui donne le spectacle d'une indestructible unité. En Angleterre, en Allemagne, la
fusion interne, l'amalgame unitaire ont été le fruit
de pareils déchirements. La Suisse elle-même, qui
laisse à ses parties contractantes une grande latitude
d'organisation, grâce au système fédératif, a connu
ces crises effroyables, incessantes au cours des
siècles, et dut réprimer par les armes, si près de
nous, l'insurrection du *Sonderbund*, en 1847, et,
en 1889, l'émeute du Tessin. En Belgique, rien de
pareil. A part les dragonnades des *Malcontents*,
épisode secondaire, on ne relève, entre les membres
de la famille belge, aucun acte hostile, irréparable,
dans le passé. Renan note avec raison que l'oubli et

l'erreur historique sont un facteur essentiel de la création d'une nation. Or, ces facultés d'oubli, on peut le dire, à la lumière éclatante des faits, n'ont nulle part moins que chez nous le besoin de s'exercer

Certes, avant la guerre, nos divisions furent exploitées outre mesure par des âmes éprises de mystère, et qui, non sans profit, sur le bord de l'abîme, écoutaient des voix d'or. Certes, il a pu se faire aussi que des divergences anodines et des préventions aient pu naître au fond d'esprits sincères, attachés fermement au pays. Les motifs de ces froissements sont de ceux que la logique gouverne et qu'on peut atteindre au bout d'un raisonnement. Ils sont imputables, en ce cas, aux façons variables dont les Belges envisagent le caractère du lien national et à l'état d'incertitude, aux pernicieuses équivoques qui en dérivent. Les conséquences en sont bien diverses, à coup sûr, selon que la raison sociale est considérée comme le résultat d'un compromis ou qu'on a de l'Etat une conception unitaire. La Suisse, à laquelle la Belgique ressemble à tant d'égards par ses éléments constitutifs, en fit la double expérience. Lorsque le Directoire de la « République une et indivisible », afin de réagir contre le particularisme étroit des anciennes Ligues, au nôtre si pareil, ordonna que les drapeaux aux cou-

leurs cantonales fussent rassemblés dans les arse-
naux pour que « la soie en fût vendue au profit du
fisc », il faillit, comme lorsque Joseph II méconnut
nos traditions, déchaîner la guerre. La Suisse, en
tant qu'Etat, adopta depuis des principes plus conformes aux intérêts multiples qui cherchent en elle
leur conciliation. J'en relève une admirable expression dans des documents officiels tout récents, rédi-
gés en 1915, à l'occasion du centième anniversaire de
l'entrée à la Confédération du Valais. Ils définissent
avec précision le caractère du lien national.

« En entrant dans la Ligue des cantons suisses,
assure dans son adresse au Conseil fédéral le gouvernement Valaisan, nous avons trouvé un appui
précieux pour notre essor économique et intellectuel, grâce à des institutions qui, tout en resserrant
les liens indispensables à un développement harmo-
nieux du patrimoine national, *ne nous demandent
pas le sacrifice de nos traditions et de notre caractère propre.* »

Et le Conseil fédéral d'y appuyer : « Votre histoire a été de tout temps une école d'indépendance :
La forme fédérative de l'Etat vous a permis dans le
passé et vous permettra dans l'avenir de garder
votre caractère propre et de développer les pré-
cieuses qualités qui sont celles de votre forte race. »

Voilà qui est net, clair, ferme, digne en tous

points. Nulle ambiguïté possible. Le patriotique accord sur le caractère du lien national prévient les
conflits. Il tombe sous le sens que les principes en
jeu dans ces doctrines ont des conséquences immédiates, heureuses ou non, mais sur la cause desquelles, en définitive, sont reversibles tous nos malentendus. La conception unitaire, en envisageant le
pays comme un territoire unique et comme s'il s'agis-
sait d'un peuple homogène, y applique avec un zèle
aveugle, inconsidéré souvent, un ensemble inflexible
de lois. Dans l'ordre judiciaire, en matière d'enseignement, on en devine chez nous les inconvénients. Le
système fédératif, au contraire, laisse à chacune des
parties contractantes, outre son autonomie, le soin
de s'organiser et le droit de décider de son sort.
Cette formule éveilla des sympathies chez nous (1).
Au xvie sièle, à la fin du xviiie siècle, elle y hanta
nombre d'esprits distingués. Ceux qui, tout récem-
ment, obsédés par l'exemple de la Suisse, recom-
mandaient la séparation administrative, en étaient
imbus. Or, ces principes, à vrai dire, se heurtent en

---

(1) La forme fédérative, contre les apparences, exige une
subordination réelle au bien public. Un Suisse est censé con-
nattre les règlements des vingt-cinq Etats confédérés et comme
chacun de ceux-ci, soucieux d'affirmer son autonomie, n'em-
ploie dans ses actes et les inscriptions publiques que sa
langue, à l'exclusion des autres, obligation implicite, pour se
faire entendre, de les parler toutes.

nous à des répugnances instinctives dès qu'on en prévoit les effets. Rien n'est si faux en histoire, a-t-il été dit, que la logique. De ce que certaines institutions aient favorisé le libre essor d'un peuple, il ne s'ensuit pas nécessairement que tel autre en tirera les mêmes profits, les circonstances fussent-elles d'ailleurs les mêmes; et il s'en faut. On voit bien que les exigences de l'autonomie régionale ont morcelé en Suisse les groupes ethnographiques en une mosaïque de vingt-cinq petits Etats distincts, cantonnés dans leurs montagnes et dans leurs traditions. Il en irait tout autrement chez nous. Les deux races en présence, en s'opposant point par point et l'une à l'autre, engendreraient de dangereux antagonismes (1).

Ni le système fédéral, ni la formule unitaire, avec leur cortège obligé de conséquences, ne peuvent donc répondre adéquatement à nos besoins. Le lien national chez nous se refuse à ces options tranchées. Certes il a sa racine dans une hérédité de mœurs politiques et d'élans sociaux, dont la conscience collective est la suprême expression. Entre les deux

(1) On comprend une reconstitution du Royaume-Uni fédérant, avec des droits individuels égaux, l'Angleterre, le Pays de Galles, l'Ecosse et l'Irlande, ainsi que le préconisa Lloyd George. Le fédéralisme a besoin pour vivre d'unir plus de *deux* adhérents.

formules, il y a toutefois place pour un compromis, pour une souple idée d'entente, ouverte à la tolérance, au sens social, aux arbitrages du tact, à une équitable appréciation des besoins mutuels, toujours prête à faire fléchir la rigueur des règles sous le poids de conciliantes exceptions. Sous ces réserves et dans ces limites, une raison supérieure invite impérieusement les Belges à vivre au même foyer. Une certaine unité organique en nos provinces est nécessaire au monde. La conception diplomatique de la Barrière a cristallisé ce besoin. La guerre actuelle a contribué à le rendre autrement tangible. La Belgique apparaît plus que jamais comme un organe essentiel de l'ordre européen. Celui-ci, nul n'en doute, eût été à la merci d'une sérieuse mésintelligence entre Flamands et Wallons.

Les deux races, inversement douées, cèdent, au surplus, à la mutuelle attraction de leurs vertus complémentaires ; indispensables l'une à l'autre, elles réalisent un équilibre intellectuel et moral ; une même conscience sociale vibre en elles ; enfin, au point de vue économique, elles forment un tout, une force admirable de production, la troisième puissance du continent. Et que de motifs de réciproque estime ! que d'affinités agissantes ! Et comme d'instinct leurs mains jointes ont décuplé leurs énergies intactes en face du danger ! Des sources profondes,

une espérance a jailli. La voix des morts monte en
chœur avec elle. Dans nos ténèbres intimes, les soldats fauchés de la Flandre et de la Meuse, au plus
profond de nous, mêlent encore leur souffle épique,
entrecroisent leurs pensées ardentes, unissent à jamais leurs destinées et, comme une conscience active, imposent à nos pensées des directions. Est-il
possible, à les entendre, que nous n'ayons pas un
sincère attendrissement sur le destin tragique de
notre espèce? La même angoisse n'a-t-elle pas contracté tous les cœurs? Et comment ne pas se soumettre à la volonté des morts quand, dans tous les
replis du sol sacré, sur les tombes fraîches, on verra,
de Flandre et de Wallonie, venir s'agenouiller les
proches de ceux qu'on a méconnus! Il est probable
assurément que l'unité morale ait été le fruit chez
nous d'un pénible effort et que le particularisme, si
funeste à nos intérêts, l'ait rendu plus pénible encore.
Mais comment devant la précarité de nos destinées
solidaires, comment dans les larmes et dans le sang,
ce qui ne fut peut-être, après tout, chez nos pères,
qu'un acte de réflexion, ne se transformerait-il pas
en un acte d'amour, fondé sur une affectueuse estime, une déférence mutuelle, un idéal apparu dans
nos fièvres au sommet de l'effort moral et transfiguré
dans un mirage enivrant d'avenir?

## V

Or, pour raffermir l'entente, il faut, au préalable,
en éliminer les sujets de froissements. La question
flamande est l'un de ceux-ci. La méconnaître ou la
nier, ce n'est point la résoudre. Elle doit donc subir
une décisive épreuve d'examen ; une concorde durable est à ce prix. Une équitable appréciation des
besoins en cause, à laquelle invite au surplus la
cruelle adversité de l'heure, implique, à mon sens,
un patriotique accord. Mais avant d'en dégager les
éléments, écartons tout d'abord certaines préventions, que d'habiles artisans de discorde ont répandues
contre la Flandre au dehors. A les serrer de près, on
verra bien ce qu'il en reste. L'une d'elles insinue
notamment que la Flandre, entière en ses convictions, oppose à la Wallonie point par point l'intransigeante unité de sa foi. Or, rien n'est moins vrai.
Les partis, en Belgique, se recrutent en tous sens et
découpent capricieusement leur domaine, au mépris
des données ethnographiques; la réalité, ondoyante
et multiple, est loin de correspondre à ces simplifi-
cations ingénieuses, et ne départage nullement le
pays en deux masses homogènes. La Flandre elle-

même aurait de la peine à s'adapter à ces vues. Ce
serait méconnaître les nobles aventures de sa pensée
et le roman de son cœur. Elle a toujours été une
source du libéralisme européen. L'exercice du pouvoir, au sein des communes, est inséparable d'un
torysme éclairé, généreux, démocratique, que tem-
père, à vrai dire, un ombrageux souci d'autonomie;
il a toujours fait montre d'indépendance à l'égard du
sacerdoce, et ne lui reconnut jamais de monopole en
matière d'enseignement. Or, le plat pays ne comp-
tait guère en Flandre : son histoire est celle de quelques cités. Le Jansénisme, en germe à Louvain,
dans les enseignements de Baïus, puis défini, creusé
par un évêque d'Ypres, a façonné, en France, au
xviiᵉ siècle, par sa conception du devoir, des têtes
admirables, de grands caractères, Le peuple eut sa
part de ces magnifiques envolées d'une âme intrépide, ouverte à toutes les initiations. Les Lollards,
les Beggards au xivᵉ siècle ; les Libertins, les Anabaptistes, les Iconoclastes, au xviᵉ, ont prêté des
formes, et presque des ailes, tant ils en ont mul-
tiplié les forces, aux impatiences de la démocratie.
Ajoutez que le Calvinisme, en Flandre, a compté
ses premiers adeptes. Dans toutes les consciences
flamandes, on sent, tout au long du xviᵉ siècle, un
sincère effort et comme une invincible aspiration de
chacun à faire, en matière religieuse, une revision

décisive, un choix délibéré. La pacification de Gand
est un pacte défensif entre les provinces rebelles et
la Flandre ayant pour principe une éclatante affirmation des droits de la conscience individuelle. Bien
mieux : les Chambres de rhétorique, en 1561, se dé-
clarèrent solidaires, à Anvers, des principes de la
Réforme. A cette cause, la Flandre, enfin lasse des
violences, offre son sang, s'immole avec allégresse.
Elle va se refaire un *credo*, lorsque les provinces
wallonnes, unies à Farnèse, lorsque la contre-réformation catholique, lorsque les dragonnades des *Malcontents*, lorsque l'exode en masse des consciences
invaincues la font retomber à la soumission religieuse.
La tyrannie de circonstances, étrangères à sa volonté, créèrent donc à la Flandre du xvi⁰ siècle une
mentalité religieuse d'où ses intimes élans, ses propres inclinations l'eussent infailliblement détournée.

Ce n'est pas une moindre erreur de croire que la
Flandre, à raison d'apparentes affinités ethnographiques, nulles en réalité, cultiva un idéal pangerma-
niste. Des théories sans consistance, et dont s'empa-
rèrent avidement quelques égarés, ont donné le
change à cet égard. Jamais la Flandre n'est entrée
dans ces vues. Elle ne le pouvait. Et je dirai pour-

quoi. Mais déjà les régiments flamands, à Liége; le cri de haine des foules affamées : « *Liever dood als duitsch* (1), » définissent sa pensée, précisent son attitude, éloignent à jamais le noir essaim des suspicions. Les vrais sentiments remontèrent à la surface, en une heure pathétique; on peut les lire, allégés, épurés, sur son visage ardent, comme autant d'indices d'ordre de sa raison fière, sereine, un peu dédaigneuse, supérieure aux épreuves en tout cas.

Rattacher une race à un groupe humain constitué antérieurement aux origines de sa culture historique est un non-sens. Notre ascendance réelle, intéressante en anthropologie, demeure étrangère à nos préoccupations. Il nous importe assez peu si les Tadjiks du Pamir s'enorgueillissent de nos origines aryennes. Autant rechercher ce que porte en soi d'influence burgunde, visigothe ou lombarde une goutte de sang latin. La nature et l'histoire burinent avec patience la profonde individualité de notre physionomie; et ce qu'en ses traits nous vénérons ce sont leurs divines empreintes. Hors de là, rien n'est vrai (2). Notre grandeur se mesure au peu d'où nous

----

(1) Plutôt mort qu'Allemand ! Du *Berliner Tageblatt :* « Même avant la guerre, le Flamand ne nous a jamais considérés comme des *frères.* »

(2) Aussi bien faudrait-il que les anthropologistes fussent d'accord. Selon les sources invoquées par Vanderkindere, la

sommes sortis, à l'effort que nous fîmes pour jaillir
de la gangue humaine, de la primitive enveloppe :
de ce point de vue, notre génie propre, ombrageux,
mais éclatant, est comme ces terres fécondes que la
patience des aïeux a tirées de la vase et de la boue.
Nos maîtres d'Université l'ont bien fait voir à Gand.
Pressés de réaliser l'un de leurs vœux les plus chers,
ils semblaient dire au maître exécré de l'heure ce
que réplique à Philippe II le marquis de Posa : « Je
ne veux pas répandre un bienfait que vous marquez
à votre sceau..... » Car comptons pour rien la voix
sans écho de quelques inconscients. Notre mépris
ne pourrait les atteindre : il devrait descendre
trop bas.

La Flandre a toujours repoussé les emprises étrangères et celle de l'Allemagne, antipathique à ses
inclinations, fut nulle ici. Dix siècles d'Histoire ont,
sur ce point, raison de toutes les équivoques. On
l'exècre aujourd'hui. Que sera-ce demain? Elle sera

race flamande aurait des origines saxo-frisonnes. Un natura-
liste anglais, P. Chalmers Mittchell, en un curieux ouvrage
(1916), assure qu'une *race nordique* à yeux bleus, à tête al-
longée, occupe le Nord de la France et de la Belgique, la
Hollande, l'Ouest de l'Angleterre, les pays scandinaves, le
littoral occidental de la Russie.

comptable éternellement de l'inexpiable outrage aux
aïeux, du soufflet aux halles d'Ypres, relique auguste,
mémorial sacré de nos libertés publiques et de nos
gloires. Chaque Flamand qui naîtra, dans sa chair,
portera cet affront. Car l'indépendance est le culte
inviolable de la Flandre. Après avoir pétri son sol,
elle créa la démocratie en Europe. Elle saigna pour
ses droits, arrachés un à un, comme à l'océan ses
îlots. *Vive Gand!* fut un cri séditieux dans le monde,
un cri d'espérance et de rédemption. Après avoir
enfanté la liberté, ouvert des perspectives enivrantes
sur l'avenir, elle enfanta des sciences, des arts. De
ses découvertes, elle élargit le patrimoine humain.
Ses mains merveilleuses élevèrent dans la clarté des
chefs-d'œuvre innombrables. Elle a des traditions,
une langue, un passé éclatant, des titres au respect
du genre humain. Elle en a conscience. Elle en est
orgueilleuse. Mais elle est régionaliste, individualiste
avec passion, repliée sur elle-même. Dans sa force
d'individuation, elle met sa fierté. Elle cultive ombra-
geusement ses différences. Son caractère, aux traits
accusés, tranche inévitablement sur celui de ses voisins. Elle n'a pas cette générosité d'instinct qui porte
les Wallons de la Principauté de Liége à mettre un
beau renom de bravoure à la dévotion des causes
étrangères, à servir à la fois l'Espagne, la France,
Tilly, Mansfeld et Wallenstein. Elle ne donne son

sang que pour ses foyers. Elle veut être elle-même. Elle entend ne pas subir.

*<br>* *

La culture, envisagée comme une aptitude à lier les idées, est un fait individuel, intérieur comme la morale et la religion. A chacun de réaliser la sienne. Des idées élaborées, une culture toute faite, d'où qu'elles viennent, nous les repoussons. A ces jeux, nous refusons énergiquement notre âme. Ce n'est point une serve, moins encore une argile offerte aux caprices d'un mandarin. Le sceau, que les choses ont mis en elle, est comme le rythme inviolable de son secret. Nous revendiquons le droit de ne ressembler qu'à nous-mêmes. Chacun porte en soi la source de ses plus pures inspirations et se réserve, entre les éléments compatibles avec sa propre innéité, de faire au dehors un choix délibéré. Si loin que l'appellent ses affinités, il cède à leur sûr aimant. L'Italie attirait à soi la Flandre pensante, au xvie siècle, et de cette libre attraction sont nés nos plus beaux génies. L'Humanité aime, au surplus, à diversifier ses variétés morales comme la nature ses variétés physiques. Une culture unitaire appauvrit, stérilise. Les peuples autonomes, au contraire, enrichissent l'Humanité d'éléments abondamment composites, multi-

plient les sources de la beauté : « Plus l'homme entre
dans le génie de sa Patrie, assure Michelet, mieux il
concourt à l'harmonie du Globe. »

*
\* \*

Il y a cette réserve fière dans la pensée flamande,
et nulle autre chose. Si pourtant l'âme ombrageuse
de la Flandre a marqué parfois, dans le domaine intellectuel, quelque prédilection, c'est en faveur de la
France et de l'Italie. La Flandre n'a pas donné un
seul nom aux lettres allemandes. Par contre, la litté-
rature française en illustra plusieurs : ce caustique
Jacquemont Giélée qui construisit un fragment du
*Roman du Renart*; ces chroniqueurs savoureux du
xve siècle, Tollyn de Borchgrave, connu sous le nom
de *Georges Chastellain* et Philippe van den Clyte,
fameux sous celui de *Philippe de Commynes*, dont
Montaigne a loué « le langage agréable et doux »; la
figure haute, immense et vengeresse de Marnix de
Sainte-Aldegonde, ayant pour stylet la pointe de son
épée, traçant de verve immortelle son *Tableau des
différends de la Religion*, lequel, selon Edgard Quinet,
est aux Lettres françaises ce que sont les *Triades*
d'Ulrich de Hutten aux Allemands, et aux Néerlandais la *Folie* d'Erasme; enfin, plus proportionnés à
nous, et tout proches, Rodenbach, Maeterlinck, Ver-

haeren continuent la tradition brillante, éclose au
jardin secret de l'âme collective. Ajoutons que Rubens, Pourbus, Philippe de Champaigne, Van der
Meulen furent les historiographes attitrés des gloires
du Louvre et de Versailles. Et celui qu'on considère
à bon droit comme un Holbein français, Jean Clouet,
est fils d'un peintre flamand.

La France pensante, émue du génie de la Flandre,
a toujours fait monter vers elle, il est vrai, le plus
rare hommage et le plus enchanteur, le sourire d'intelligence d'un cerveau qui comprend. Nulle élite, en
parlant d'elle, ne trouva des accents plus pénétrés.
Taine et Fromentin eurent sur son art des éclairs de
voyants. Balzac, dans sa *Recherche de l'Absolu*,
n'écrivit-il pas le roman de son énergie! Voici mieux :
un vrai don du cœur : l'écrivain flamand qui, dans
son dialecte, touche le peuple aux entrailles par ses
profondes intuitions, Henri Conscience, est un fils de
Français. Et souvent ses peintres sont venus, comme
Delacroix, aux périodes incertaines où l'art vacille,
embraser leur palette des pâtes incandescentes de nos
vieux maîtres et introduire, en leurs toiles, comme
eux, la chaude improvisation, la verve débridée et
le pittoresque éclatant.

## VI

La Flandre ici cède à un penchant. Elle reste
entière en ses convictions néanmoins, rebelle obstinément à tout ce qui peut l'entamer. Ce même esprit
explique l'attachement du peuple à la langue où il
formula ses *keuren*, ses lois. Son verbe est comme
un feu sacré : qu'il s'éteigne et, dans la conscience
collective, aussitôt la nuit se fait. C'est le suprême
asile de sa pensée, son arme à lui, si chère, en
Flandre, d'avoir été trop souvent adorée dans le
silence anxieux de l'âme asservie. Ecoutez Mistral :
« Car, face contre terre, qu'un peuple tombe esclave,
— s'il tient sa langue, il tient la clef — qui le délivre·
des chaînes. » Oui, la langue est pour les longs ser-
vages une libératrice. C'est le rayon qu'on emporte
au fond de la nuit et qui distille en nous comme une
promesse de résurrection. Elle est sœur de l'Espérance. Elle ouvre une perspective au vaincu, allume
à son horizon une clarté. Elle berce maternellement
nos misères. Elle nous souffle à l'oreille : Demain,
demain... La méconnaître, c'est se renier.

Or, le Flamand a pour elle un culte idolâtre. Les

10

frontières linguistiques, en dix siècles, chez nous,
n'ont pas varié. Sur ce point, la controverse est
ancienne. Elle a toujours existé. La principauté de
Liége enserrait des régions flamandes, en ses confins, l'enclave de Maëstricht, les villes des comtés de
Looz. Une requête de ces populations, qui remonte
à 1565, réclame avec insistance à Liége le redresse-
ment de certains griefs, celui, très curieux, notamment que, sur quatorze échevins constituant la juridiction d'appel de l'Etat, il n'y en eut pas au moins
sept qui entendissent le Néerlandais. Preuve évidente
que déjà la Principauté, en matière judiciaire, avait
à résoudre les problèmes épineux d'un Etat bilingue
et qu'elle fit, dans cette voie, des concessions. D'autre
part, la Flandre, au sud, comprenait des villes
romanes, ayant avec elles, il est vrai, des institutions
communes, aussi nettement caractérisées que les
siennes, propres à tous les municipes flamands, et
formant entre elles, à vrai dire, un ordre social, une
étroite unité politique (1).

Entre le nord et le sud s'établit d'ailleurs un équilibre d'avantages librement consentis, départagés

(1) La plupart de ces villes, Lille, Armentières, Valenciennes,
Dunkerque ont toujours pris fait et cause pour leurs sœurs
septentrionales. Tandis que la Wallonie se montre hostile à
la Réforme, elles l'accueillent avec le même enthousiasme que
Termonde, Anvers et Gand.

sans même qu'ils fussent débattus. La Hanse dite de
Londres avait lié leurs intérêts. Douai fut l'étape des
grains au sud comme Gand le fut au nord. Au
xvie siècle, Anvers fut pour tous la métropole intellectuelle, l'entrepôt des affaires, le centre universel
d'attraction. Dans la Flandre gallicane, au surplus,
notre dialecte est encore en usage; l'étymologie des
noms locaux, dans les anciennes châtellenies de
Bourbourg, de Bergues, de Cassel, indique avec
clarté les origines; et la flore architecturale, en
Flandre française, porte l'empreinte ostensible de
notre race et comme un reflet de nous-mêmes. Mais
quelle sagesse ici dans l'étude équitable des solutions
que la langue impose! De bonne heure, on fit, à ce
sujet de l'échange des enfants, une coutume assez
générale dans les châtellenies romanes du comté de
Flandre, autant que dans le Tournaisis et le Hainaut.
« Comme d'ancienneté, est-il énoncé dans un ancien
document, (Arch. nat. J. J. 121 no 318) ait esté usé
et accoutumé ou dit pais de baillier enfant pour enfant
de la langue d'oyl à celle de Flandres et celle de
Flandres à celle d'oyl, pour apprendre les langages. »

* *<br>*

Comment résoudre aujourd'hui ces délicats problèmes auxquels nos pères fournirent, avec tant de

tact, des solutions appropriées? Je crois en avoir
exposé correctement les données actuelles, précisé la
nature du lien national, qui, selon qu'on l'envisage,
engendre, ainsi que nous l'avons vu, des divergences
obligées de vues dans l'appréciation des rapports
sociaux. Mais ces contraires une transaction peut,
assurément, les identifier. Il suffit de s'inspirer des
susceptibilités en présence et non de formules fac-
tices, dont le vernis s'écaille au moindre heurt des
événements. Un des griefs de 1830 fut l'abusif emploi
de la langue néerlandaise. La conséquence immédiate en fut une réaction excessive en ses effets.
Mais après le divorce hollando-belge, les Flamands
entamèrent une lutte opiniâtre, afin de rétablir un
équilibre ébranlé. Ils formulèrent leurs revendications. Ils exigent encore, et c'est leur moindre grief,
que, sur quatre universités belges, une au moins soit
flamande. Leur requête, en principe, est pleinement
justifiée : le droit strict, pour chaque race, est de s'organiser selon la loi de son effort, dont elle est la souveraine appréciatrice. On ne peut tolérer sur ce
point deux minutes de discussion. Mais il est d'autres
considérations. Toute nation est le produit des
arbitrages incessants de l'Histoire. Nulle à coup sûr
ne subsisterait si chacun de ses membres entendait
aller jusqu'au bout de ses droits. Une aptitude à
composer, mille ingénieuses transactions assurent à

l'ordre social un équilibre instable et cependant mer-
veilleux. Rien n'est si ténu que le point de gravitation
de beaucoup d'intérêts humains. C'est avec d'autant
plus d'ardeur, d'intelligence aiguisée que nous le
devons saisir. Créer à Gand un Institut de hautes
études flamandes, ainsi que certains le suggèrent, au
détriment de l'Université française, est une médiocre
méthode. Rien ne serait moins digne de la Flandre
que de construire avec les matériaux d'un temple,
inutilement mutilé, le monument de sa foi. Quel
absurde profit si, pour attiser une flamme nouvelle,
il nous fallait au préalable en éteindre honteusement
une autre à quoi nous devons tant de clartés. La
mélancolie des ruines empoisonnerait notre culture,
étendrait sur notre pensée ses ombres à jamais. L'intelligence a besoin, pour s'épancher dans la lumière,
d'un acte d'amour, de pure allégresse, non d'un geste
iconoclaste, humiliant pour nous. Laissons-là ces
misères ! Tout asile d'une culture étrangère est un
trésor de la communauté. User de contrainte linguistique ou qu'on en use en son nom, comment la
Flandre, attachée au culte inviolable de la pensée,
*usque ad mortem*, comment la Flandre, épurée par
le martyre, au xvi° siècle, admettrait-elle cela ? Persécuter les gens pour leur faire changer de langue ou
de patrie, affirme Renan, est aussi mal que de les
persécuter pour la religion : ceci soit dit pour tous

les Belges. Au surplus, qu'y gagnerait-on ? Et comment cela se raccorderait-il avec le passé ? Ce que le
monde a connu du Flamand est le trop-plein de sa sève
active, la générosité prodigue de ses dons, ses cris
poignants d'indépendance, le multiple écho de ses
hymnes à la vie, bref, la chaleureuse expansion d'un
génie mûri dans la sereine acceptation des épreuves
et la dignité de l'effort. Certes, il ne veut pas subir.
Mais il est trop fier pour imposer.

# VII

Le problème universitaire, à mon sens, est acces-
soire. Quelques parchemins ne sont pas faits pour
améliorer le sort du peuple. L'avenir de l'intelligence
est de peu d'intérêt si, comme en Flandre, la main-
d'œuvre est serve, errante, à la merci des exploiteurs.
L'émanciper, tout est là. Des positions mal prises en
cette affaire ont retardé les solutions libératrices,
élevé le ton des débats, aigri les gens. La question
flamande est d'ordre économique avant tout. Il faut
le reconnaître a *priori*.

*   *

L'ancien comté de Flandre est formé de trois tronçons : le tronçon belge, à tous égards, est le moins favorisé (1). Si, de notre Flandre, on reporte les yeux vers
la partie française ou la partie zélandaise et le Lim-

___

(1) La race flamande compte 6 millions d'âmes environ, dont
3 millions 1/2 peuplent la Belgique.

bourg néerlandais, le contraste est saisissant. Au sud,
une opulence, inégalée même chez nos voisins; au
nord, un bien-être, un degré de culture individuelle et
d'éducation technique inconnus de nos populations.
Par centaines de mille, nos Flamands doivent à
l'étranger mendier leur subsistance, s'y plier, plusieurs mois l'an, sur des tâches ingrates et mal rému-
nérées. A la plupart d'entre eux, la Belgique,
astreinte en tant qu'Etat à pourvoir à leur sécurité,
n'a su faire l'aumône d'un foyer. Leurs troupes
errantes engrangent les moissons des peuples heureux. Et combien les terres promises, au loin, ravi-
vent en eux le sentiment douloureux de leur solitude
et de leur abandon! Avec quels sursauts de révolte
ils subissent la loi d'airain! D'avoir recueilli, quelque
soir, dans un coin de Flandre, à l'heure inexorable
des adieux, une de ces mélopées où s'enveloppe, en
farouches accents, le tragique écho des misères de
leur destinée, l'âme en reste à jamais déchirée. Le
départ, pour eux, c'est comme un arrachement. Car le
sol appartient deux fois aux fils de ceux qui l'ont
créé. En outre, les Flamands forment une race d'ini-
mitables artisans, de praticiens experts. La haute et
la basse lisse, la ferronnerie, la dentelle, la taille du
diamant, l'art d'attaquer les métaux ont tiré d'eux
des miracles. Leurs mains merveilleuses éblouirent
le monde. Une brillante hérédité de dons acquis som-

meille en eux et, pour ceux qui en devinent le trésor
enfoui, des ressources intactes, prêtes à surgir, sont
là, comme un présage heureux, une certitude émouvante. Qu'un frisson d'espérance passe en leur feuil-
lage intérieur, en leur âme, engourdie par les régimes
inintelligents, et la fée antique, aux doigts agiles,
ensorcelés, animera leur renaissance intime de son
joyeux réveil. A nous de rénover les industries d'art
qui, par la qualité de l'effort, aiguisent en l'homme
une conscience. A nous de rendre à l'humanité des
forces perdues, des aptitudes inemployées et qui
s'ignorent, de créer des valeurs sociales et, partant,
des salaires élevés, le bien-être, un haut degré de
prévoyance. Qu'elle fut bien inspirée la Convention,
quand, dans un geste instinctif de piété, elle réunit,
à l'abri des orages, les reliques du travail, les maî-
trises de la France, les trouvailles exquises de sa
vive invention, ses semences et ses outils, de quoi
féconder les sillons de l'avenir ! Que n'avons-nous,
comme elle, au seuil de temps trop traversés, voué
à l'espérance une de ces créations tutélaires et
sacrées, un Conservatoire des Arts et Métiers, une
Ecole des Arts Décoratifs! Bien des pages de notre
histoire en eussent été modifiées. C'est notre tâche
aujourd'hui, pressante, immédiate, de fournir un
asile à toutes les ressources latentes de l'espèce et de
les nouer, comme une gerbe sainte, au fond du sanc-

tuaire. La renaissance flamande est subordonnée à
une forte éducation technique.

*\* \**

La guerre offre à la race, en tous sens d'ailleurs,
des chances inespérées de renouvellement. Il faut
âprement les saisir. De nouvelles industries, celles
que nous disputerons à nos ennemis, sollicitent des
bras. L'Etat peut en conférer le monopole temporaire (1) à des particuliers en assignant le lieu où
l'exercer, afin de favoriser les populations déshéri-
tées. Quand on veut fixer des sables, on enfonce au
sol, des mélèzes ou des pins. Pour retenir la main-
d'œuvre indigène, il faut de même organiser des
industries. De plus, les travaux casaniers, ceux qui
réclament une certaine éducation des nerfs, l'horlo-
gerie par exemple, proposent à nos aptitudes une
occasion certaine de s'affirmer. Enfin la démocratie
rurale, en se pliant aux méthodes des admirables
*andelsmejerier*, coopératives scandinaves, peut, à ses
terribles épreuves, escompter, sur le marché de
Londres, une ample compensation. L'aiguille de nos
anciennes dentellières s'est brisée à jamais, mais des

(1) A moins de les exonérer de taxes et d'impôts, si l'on
préfère, ainsi que cela se pratique dans l'Italie méridionale.

fuseaux entrelacés de leurs continuatrices peuvent naître des formes imprévues, plus complexes et plus riches, comme celles que l'existence moderne engendre sous nos yeux. La vie d'un peuple est un perpétuel défrichement. Forgeons-lui l'outil de sa régénération ; il se tracera sa route, se dirigera sans hésiter vers son véritable destin.

Est-ce à dire qu'il faille écarter les études de la langue maternelle et le noble souci de les rénover? Non point. Mais une Université ne s'improvise pas : elle est l'œuvre du temps. Créons tout d'abord un Institut des Hautes Etudes où une élite éclairée réalisera pièce à pièce, jour à jour, en Flamande tenace, l'édifice idéal qu'un rêve altier projette au fond de ses pressentiments. Créons surtout une Ecole Normale supérieure, avec les ressources indispensables, une refonte, largement conçue, de nos plans d'éducation d'où sorte un essaim d'apôtres qui feront descendre au sein des masses un peu de lumière. Ce qui manque au peuple flamand, c'est une base, un inébranlable fondement sur quoi bâtir. Ne nous perdons pas dans des programmes illimités. Définissons bien notre tâche. Si la modeste pousse, enfoncée au sol par nos soins, est vigoureuse, ses développements, ses branches vivaces offriront une ombre accueillante aux siècles à venir.

Ecoute-moi, Flamand, mon frère, écoute-moi. Vingt
ans de ce régime achemineront tes efforts vers l'idéal
que tu poursuis. Ecoutez-moi, artisans des cités ; toi,
cher travailleur de la terre, qu'un opiniâtre labeur
plie sur le sol que tes pères ont repétri ; vous aussi,
pauvres aoûterons, qui n'avez pour toute richesse que
ce trésor des races, une grande âme, avec ses jaillis-
sements éternels d'espérance, avec une puissance
infinie de renouvellement, sources innées de vos
aptitudes et de vos vertus. Ecoute-moi, Flamand,
mon frère. Nous entendons te soustraire aux mau-
vais bergers qui te soufflent à l'oreille : « Donne-moi
ton âme et je te donnerai du pain. » Nous voulons
pour toi des droits égaux à ta fierté. Nous voulons
que tu les consacres, ainsi que tes aïeux, dans des
*Keuren*, c'est-à-dire des lois délibérément choisies.
Comme jadis tes Chartes, une à une tu les acquerras
dans la fière indépendance du labeur quotidien : le
travail est, tu le sais, le grand briseur de chaînes.
Enfin, tu te retrouveras tout entier dans ta conscience
émancipée, comme en un miroir fidèle. Les siècles
en toi se rejoindront. Et tandis que l'agriculteur jet-
tera la semence à la terre auguste, ouvrage des
aïeux, les artisans forgeront, en même temps que des
chefs-d'œuvre, un rythme de vie qui élargira ton
cœur, emportant ta pensée rapide au sein des clartés,
dont nos peintres ont si bien célébré la divine extase.

Alors, au loin, sur les océans, nos matelots, pleins du salubre amour des solitudes marines, dans les vergues de nos vaisseaux, lourds des produits de l'usine meusienne, chanteront la terre belge, où deux races jumelles auront rencontré la sécurité, l'équilibre et la paix de l'esprit.

14 Octobre 1916.

# SUR QUOI FONDER
## LE PRINCIPE DE NATIONALITÉ ?

La dévastation de la Belgique crie à tous les neutres l'adage antique : *Hodie mihi, cras tibi.*

« Il n'est pas un de mes auditeurs qui ne comprenne que l'absorption de la Belgique, affirmait déjà, en 1870, Gladstone aux Communes, sonnerait en Europe le glas funèbre du droit public et des lois internationales. » Et voici que la crise belge enveloppe en ses conséquences le sort d'une partie de l'humanité. Voici que la poignante infortune de mon pays, le mâle désespoir de la Serbie, la renaissance de la Pologne, de la Finlande, les cris d'émancipation qu'élèvent Italiens, Tchèques et Slaves mettent en particulière évidence le principe de nationalité. Il subit, semble-t-il, une décisive épreuve. La guerre en précise le sens, lui impose une frappe nouvelle.

Essayons d'en préciser le caractère, altéré par certaine ethnographie allemande à la dévotion des conquérants. Or, comme l'a péremptoirement démon-

tré Fustel de Coulanges, à propos de l'Alsace, le
principe de nationalité constitue un droit pour les
faibles, non un prétexte pour les ambitieux. En se
plaçant au cœur des faits, l'illustre historien appuya
d'exemples appropriés que ce qui distingue les
nations, ce n'est ni la race, ni la langue. « Les
hommes sentent dans leur âme, énonce-t-il, qu'ils
sont un même peuple, lorsqu'ils ont une communauté
d'idées, d'intérêts, d'affections, de souvenirs et d'espérances. Voilà ce qui fait la patrie. Voilà pourquoi
les hommes veulent marcher ensemble, ensemble
travailler, ensemble combattre, vivre et mourir les
uns pour les autres. ».

A l'examen de la même idée, Renan appliqua plus
tard la méthode socratique et les détours d'une dialectique ondoyante et déliée. Une série d'élimina-
tions l'amenait à conclure que les nations n'ont pour
principe, en dernière analyse, ni un facteur économique, ni ethnique, ni linguistique, mais une âme,
une et indivisible, qui les porte à se constituer en un
seul corps. Il va de soi que la communauté de race,
de langue, d'intérêts contribue à resserrer le lien
national, mais pourtant ne suffit pas à le créer. Et
l'on peut admettre, avec Renan, que les phénomènes
sociaux, par où s'indique la vie d'une nation, ne sont
que les signes extérieurs de sa psychologie. Poursuivre en commun le développement d'une personne

morale et d'une psychologie collective est donc à la
fois le principe et le caractère des nationalités. Le
génie d'un peuple, c'est sa façon de sentir. Les faits
sociaux ne font que la manifester. Or, toute façon de
sentir engendre une certaine conception de la vie. Si
nous tenons à nos formes nationales, c'est que, pour
chaque peuple, elles représeutent sa vérité particulière. Un de nos aïeux du xvɪᵉ siècle affirmait que
chaque peuple doit être traité selon son caractère,
comme chaque individu selon sa constitution phy-
sique. Il entendait dire ainsi que le sol pense, rêve,
agit en nous ; qu'entre lui et nous-mêmes existent un
lien ineffable, une relation d'empreinte et de sceau ;
qu'il vit en nous et que nous vivons en lui (1). Lorsque jadis les Communiers flamands allaient se ruer
contre l'ennemi, chacun d'eux, avant le choc suprême,
prenait dans ses mains un peu de cette terre arrachée à l'Océan, repétrie aux origines, chargée de
gloire, de beauté par les aïeux, et, dans un baiser
farouche, communiait ainsi avec l'âme du passé.

*
*  *

Si l'idée de nation implique, à certains égards,
l'unité spirituelle, cette formule, purement psycholo-

(1) Ne pas perdre de vue que *nationem* dérive de *natus*, né.

11

gique, est pourtant incomplète. La sensibilité d'un
peuple peut fort bien survivre à sa constitution politique. La conscience sociale, à vrai dire, est la forme
active du principe de nationalité. Elle seule permet
à la volonté collective de se manifester en des formes
légales et de faire de l'Etat l'imbrisable outil de ses
transformations. Quand Bluntschli avance que « sans
Etat, point de nationalité », il entend dire assurément que la nation, pour vivre et évoluer, doit pos-
séder le droit de s'organiser en corps légal, en individualité politique, bref, de choisir ses méthodes et
ses directions. Le seul principe de droit public est la
volonté du peuple et nous revendiquons pour elle la
faculté de s'exprimer librement.

La dualité belge a causé bien des méprises. Sous des
divergences extérieures, qui tiennent aux origines,
apparaissent en réalité la forte unité de la tradition,
de mœurs politiques, le riche amalgame, la sélection
de deux sangs qui s'unissent, de deux destinées qui
se conjuguent étroitement. D'instinct les mains se
joignent en face du danger. Des artisans de discorde
ont cru voir, dans nos querelles, un aliment à d'im-
pures espérances. Il faut en rabattre. Les voici bien
déçus, disons mieux, les voici déjà ralliés, touchés de
la grâce, allant d'une cause à l'autre avec une jolie
désinvolture, un art piquant de rompre et, si j'ose
dire, la plus fine distraction. Ma seule crainte, et

nullement chagrine, est désormais de passer pour un
tiède, au regard du zèle incandescent de ces *ultras*.

L'intrigue internationale ne se lassa jamais de
tendre ses lacets subtils à notre ingénuité. Une si
belle proie éveilla de tout temps les convoitises. Elles
rôdèrent à notre insu comme des fièvres malignes
autour de nous et vainement s'efforcèrent à dissoudre
le bloc de notre volonté. Un préfet de police en eût
écarté l'essaim délétère. Mais enfin jamais elles n'ont
pu nous mordre à fond.

*\* \* \**

Depuis un siècle, la science, en renouvelant toutes
les conceptions sociales, a relevé le petit Etat de son
long discrédit. Il lui a inculqué le sentiment de sa
foncière originalité. L'école historique avec Niebuhr
et Savigny, en voyant en lui non plus la mise en
œuvre du contrat social cher à Rousseau, mais le
fonctionnement d'un organisme adapté à des nécessités définies, lui donna sa charte fondamentale. Elle
lui enseigna que la puissance formatrice intérieure
de l'hérédité maintient, sur chaque sol, l'unité d'un
type et sa puissance de spécification. Elle rajeunit de
la sorte une antique hypothèse du Lycée. Fichte
disait déjà qu'on ne peut faire entrer un pays dans
le développement d'un autre Etat sans anéantir toute

espèce de droit (1). Puis l'école critique, en dressant l'inventaire du passé, rechercha, dans la psychologie collective, les lois de son indestructible unité (2). Enfin le matérialisme historique, en formulant le dessein de détruire l'idée de race, circonscrite à la notion de personnalité historique et envisagée dans son effort continu, ne réussit qu'à lui donner une base économique inébranlable (3). La science d'un siècle ainsi collabora à renforcer l'unité morale des peuples.

Certes à cette idée, un Comte, un Taine, un Spencer, un Carlyle, une belle lignée française de philosophes et d'historiens infusèrent une richesse inégalée de points de vue. Mais enfin le droit des nationalités fut le principal outil de l'unité allemande. On sait qu'il inspirait à Fichte des accents fiévreux, passionnés. Or, tandis que, dans les livres, il se développait, de Niebuhr à Mommsen, avec une crois-

(1) « La vie nationale s'éteint dès qu'elle est inoculée à une vie étrangère, insistait-il, la nation meurt, elle est tuée, elle est anéantie, et ce peuple est effacé de la liste des nations. »

(2) Dirai-je que de récentes théories, qui concèdent à l'homme une entière indépendance à l'égard de la communauté et le font jaillir de l'espace et du temps, me sont familières? Seulement, les mille petits faits que l'*Officiel* collectionne sous la rubrique « *actions d'éclat* » leur infligent d'innombrables démentis. Le sublime qui se lève des champs de bataille écarte à jamais de notre horizon mental ces sophismes en suspens.

(3) M. Alfred Croiset, dans son beau livre, *Les démocraties antiques*, a projeté une vive clarté sur ce point de vue.

sante ampleur et la plus pénétrante intuition, on vit succomber, aux confins de la Prusse, absorbés l'un après l'autre, une série de petits Etats autonomes. Les Allemands ne recherchent avec tant de passion la vérité, semble-t-il, que pour la trahir. Et quelle autre surprise de voir M. Wundt, chef de la brillante école de *Völkers-psychologie*, raturant d'un trait de plume l'œuvre de sa vie, avaliser les forfaits d'une monarchie aux abois! N'est-ce donc là qu'un jeu de pharisiens et se retranche-t-il au-dessus de l'éternel conflit des convictions et des intérêts? En fait-il deux parts inconciliables, sans liens, sans portée, sans côté applicable, sans la noble aspiration de transformer la pensée en action, les principes en faits, l'éthique en droit, de donner enfin une base expérimentale aux rapports humains? Les sciences ainsi comprises, nous n'en avons que faire. On voit trop transparaître en elles le syllogisme hégélien, l'idée que le bien de l'espèce humaine est lié à leur dure orthodoxie. Des convoitises les mènent.

Que disait donc l'un des leurs (1) ? Qu'un Etat n'est pas un patrimoine comme le sol où il se trouve, mais un tronc qui a ses propres racines, et que l'incorporer à un autre Etat comme une greffe, c'est le réduire de *personnalité morale* qu'il était à l'état

_____

(1) Kant.

de *chose*. Si notre petite armée lutta avec tant d'à-
preté, c'est que nous ne voulons pas être une *chose*.
Nous défendons notre âme, notre sensibilité collective, notre personnalité historique, l'image haute et
fière que les siècles nous ont façonnée.

*<br>* *

Ce qui s'entrechoque ici avec tant de force sous
nos yeux, c'est un âpre antagonisme d'opinions, une
divergence irréductible dans la manière dont la Belgique et la Prusse, les premières aux prises dans le
terrible duel, ont compris le devoir social. Toutes
deux eurent en partage un sol ingrat. La Belgique
arracha la plus grande partie du sien à l'océan. Elle
fit surgir de ses boues une Lombardie voluptueuse
et mélancolique. Puis, charte par charte, elle acheta
la liberté par la liberté, et les beffrois, les flèches de
ses municipes, images d'indépendance, carillon-
nèrent le joyeux éveil d'une conscience humaine. La
Prusse, elle, inapte à fertiliser ses sables, mit la violence à la dévotion de ses convoitises, devint le frelon
des ruches laborieuses, étouffa de petits États pros-
pères et *fit de la guerre sa principale industrie*.

Nous avons, nous et nos alliés, une autre conception de l'ordre moral. Or, à la base de tout ordre est
vivante la notion du droit. Le voile commence à se

lever sur le calvaire de la Belgique. Une partie de
ses souffrances apparaît. Et, pourtant, il y a autre
chose dans sa détresse, et moi, qui viens de la quit-
ter, j'en puis porter le témoignage. En elle, il y a
comme un besoin indicible, angoissé, de se sentir
affermie dans les principes qui sont à la racine de
la vie collective. Rien ne peut la distraire de sa
véritable douleur. Et, sous ma plume, accourent ces
paroles inoubliables de Carlyle, qui la résument tout
entière : « Ce n'est pas ce qu'un homme a ou n'a
point extérieurement qui constitue son bonheur ou
sa misère. La nudité, la faim, la détresse sous toutes
ses formes, la mort elle-même ont été souffertes avec
courage, quand le cœur était droit. C'est le sentiment de l'injustice qui est insupportable à tous les
hommes. Une loi plus profonde que toute loi écrite
sur parchemin, une loi directement écrite par la
main de Dieu dans l'être le plus intime de l'homme,
proteste sans cesse contre cela. L'âme et tout l'univers, en de continuels signes silencieux, disent :
Cela ne se peut. La douleur réelle est la souffrance
et la flétrissure de l'âme, le mal infligé au moral lui-
même. »

Le plus formidable exemple de douleur morale
qu'ait pu contempler le monde eut pour témoins, chez
nous, des physiologistes éminents, notamment le chi-
rurgien américain Crile. Dans un travail qu'il inti-

tule *La Vivisection d'un peuple*, on en peut suivre
à la trace les ravages effroyables. A l'aide de documents photographiques, il explique comment l'angoisse, la fatigue, le chagrin arrivent à bouleverser
la flore délicate des cellules du cerveau blotties sous
la voûte cranienne : « Précipités brusquement aux
plus profonds abîmes de misère, analyse le docteur
François Helme, nos alliés subirent un traumatisme
nerveux si terrible que tout leur organisme en subit
le contre-coup : chez les uns apparut le diabète,
chez les autres des affections du cœur; ceux-ci per-
dirent la raison; ceux-là, en proie à des troubles
sanguins, telle l'acidose du sang, virent leur peau se
couvrir d'éruptions. Chez presque tous, ce fut le pas-
sage subit de la jeunesse ou de l'âge mûr à la vieil-
lesse précoce et sans lendemain. »

C'est ainsi que la prétention de l'Allemagne à se
faire de la justice une idée extraordinaire au sens
latin du mot (*extra ordinem*) a troublé l'équilibre,
l'ordre intime dans des natures droites, nées pour le
devoir. L'épidémie de suicide, qui, là-bas, fit des
ravages en certaines régions, est une faiblesse d'honnêtes gens ayant accepté pour règles de vie l'honneur, la probité dans l'effort, le respect d'autrui, les
inspirations du devoir. « Le désespoir comble non seulement notre misère, observe justement Vauvenargues, mais aussi notre faiblesse. » Le cruel démenti

que la destinée leur inflige, ils n'ont pu l'admettre un instant. Ils posent ainsi tragiquement, devant la conscience universelle, le problème des nationalités.

*
*  *

A n'en pas douter, les décisions, demain, sortiront des suprêmes rendez-vous du destin. Mais sur quelles bases établir le principe de nationalité ? La tourmente a balayé de notre horizon mental les décevantes utopies, les constructions métaphysiques éternellement repétries, comme cette cité que les oiseaux d'Aristophane édifient dans les nuages. Le caractère en est apparu nettement : les pétitions de principe, les déclarations *in abstracto* du droit des gens, dont Kant, Volney, le citoyen Grégoire (8 floréal an III), prodiguèrent les formules, l'œuvre en partie de la Conférence de La Haye, tout cela porte ostensiblement le sceau fatigué du rationalisme humanitaire. Y sacrifier, c'est se duper soi-même et les autres. Surtout les Conventions de La Haye ! Eussent-elles été vaines, nous n'y verrions rien à reprendre. Mais elles furent nuisibles : elles mirent une arme exécrable aux mains du spoliateur. Pas une servitude, pas une humiliation, pas une vilenie qui ne nous fût imposée à l'appui de ses décisions. « N'est-ce pas déconcertant, conclut un maître du droit, M. Renault, pour ceux qui croyaient à une moralité internationale, à une *Société entre nations* (1)? »

Certes, on ne peut nier le progrès des formules du droit des gens qui trouvent de quotidiennes applications dans les traités d'arbitrage. Certes, aussi, la tendance au syncrétisme, qui se traduit par l'unification des textes de lois, sera sans doute un caractère essentiel au génie de notre temps. En est-il moins vrai que la rapide extension des idées d'arbitrage eut pour rançon un parallèle accroissement des effectifs et des budgets de guerre! En 1820, l'Europe équipait 1.989.968 soldats. En 1863, le chiffre avait presque doublé; il était de 3.815.000. En 1889, l'Europe pouvait mettre en campagne 9.360.000 hommes et 19 millions en 1914. Dans l'intervalle des deux Con férences de La Haye, les charges annuelles ont augmenté de ce fait, en Europe, d'un milliard sept cent vingt-cinq millions de francs. Voilà des faits supé-

(1) A la séance historique de l'Institut de France, le 26 octobre 1914, M. Renault prononçait avec autorité la faillite de ce système : « Ce n'est pas sans une profonde tristesse, avouait-il, que j'ai rassemblé des textes à l'élaboration desquels j'ai eu l'honneur de participer et qui me rappellent tant d'hommes éminents, convaincus, comme moi, que nous avions fait faire un progrès sérieux à la civilisation. La déception est trop cruelle. Si nous nous étions attendus et si nous devions nous attendre à des infractions individuelles, personne ne pouvait songer à une méconnaissance générale et systématique de toutes les règles solennellement adoptées. »

rieurs à toute éloquence. Une puissance irrésistible de concentration nous domine. Elle rompt l'équilibre au détriment des petits États. Il en fut ainsi hier. Il en sera ainsi demain. Thucydide assurait déjà que les conventions s'exécutent en droit, lorsqu'une égale nécessité y oblige tous les contractants. Qui rendra égale cette nécessité et, le fût-elle, qui la rendra durable ? La force est souveraine et, sous mille aspects insidieux, positifs et déroutants, impose d'âpres soucis. La vie de millions d'êtres est pétrie de ces misères et suspendue à ces questions.

Sur quel accord va se bâtir la Société des nations ? Quelle place y aurons-nous ? Quel pays plus que le nôtre s'est-il voué à créer entre peuples une *res communis omnium?* Mais nous tiendrions décidément pour rien les affres de notre calvaire, si nous allions édifier l'avenir sur des signatures, on ne sait sur quelles chimères absurdes et fascinantes. La foudre a pulvérisé la fiction de la neutralité permanente. Nous ne remplacerons pas un mirage par un autre mirage. Le charme est rompu. Nous écarterons ces voiles enchantés, derrière lesquels l'adversaire aux aguets pointe ses canons. Nos morts nous en conjurent. De tous les sillons, où leur sacrifice a répandu des semences de force et de droiture, s'élève une ardente exhortation : « C'est d'avoir cru à ces brillants mensonges, nous persuadent-ils, que nous

sommes sous vos pieds. D'y avoir cru, la Belgique
est balafrée de tant de blessures! Ils portaient en eux
la honte et la mort. Des mirages et des ténèbres, on
n'en sort que par un acte de volonté. Il faut ressaisir
la vigueur des ancêtres, ranimer dans votre sang
leurs pulsations impétueuses. Le principe de votre
sécurité est dans vous-même et non ailleurs, dans la
joyeuse acceptation des responsabilités, dans la passion active, l'ivresse de la lutte, l'optimisme héroïque, qui rouvrent et font jaillir en vous les sources
vives de l'énergie. Réglez-vous sur une fin commune,
afin de mieux resserrer le nœud des courages, le
faisceau des volontés. Surtout soyez forts. Il n'est
pas d'autre sagesse. »

Les forces morales, à coup sûr, conduisent le monde,
mais parce que l'homme se transfigure en les écou-
tant. Toute idée, toute fiction, pour vivre, a besoin
de ceindre une armure. La déesse de la Raison elle-
même portait la pique et la cuirasse. Ainsi fera la
Belgique. Forte, elle en sera plus forte. Elle grandit
chaque jour par les vertus du sacrifice et de la volonté. L'intégrité de son patrimoine moral s'affirme
là-bas dans l'étroite union de tous les citoyens. Dans
son ensemble, elle se refuse à la douleur. Son optimisme héroïque est la forme élevée de sa foi, de sa
droiture inflexible, de l'honnêteté de son âme. Elle
se dresse entière, certes avec dans le sein tous les

glaives de la Madone et toutes les flèches de Niobé, mais frémissante, invaincue, immortelle, supérieure à toute crainte, prête à faire face à de nouveaux défis, ayant au front le mâle orgueil du devoir accompli et ce luxe terrible — et qu'elle n'a pas recherché — l'auréole des combats !

25 janvier 1915.

# QUAND LES TAMBOURS NE BATTRONT PLUS...

---

[furl'd,
When the war-drums throbbed no longer, and the battle flags were
In the Parliament of man, in the Federation of the world...

TENNYSON.

Oui, ainsi que le prévit le noble Tennyson, en ces
beaux vers où court le frisson de l'espérance, quand
les tambours ne battront plus, chacun de nous verra,
dans une atmosphère épurée de salpêtre, se préciser son
destin. Un voile encore le dérobe à nos yeux ; un
simple voile : le cœur tremble à penser qu'il est si
près de nous ! Sera-t-il semblable à l'image que la
souffrance et les pressentiments ont burinée en nous ?
Comblera-t-il nos mâles espérances ? Sera-t-il conforme
à ce que l'intelligence politique, avertie par la plus
poignante expérience, exige dans l'avenir en faveur
de notre salut ? Ce que nous suggère le souci de
demain, il ne nous est pas interdit de le noter. Les

circonstances elles-mêmes, en s'y adaptant ou non, se chargeront de déterminer dans quelle mesure, et avec quelles chances, il nous sera possible de faire face à de nouveaux engagements. Cela dépendra, même au cas d'une paix victorieuse, de l'idée que concevront de notre rôle futur nos alliés.

Or, une conséquence immédiate de la guerre, fut de rapprocher la Belgique de ses puissants voisins. Ses relations avec la France ont toujours été bonnes ; elles ne pourraient être meilleures aujourd'hui. De l'amitié anglaise, on n'en peut dire autant. Elle ne fut pas très active au cours du dernier siècle. Elle le fut moins encore à l'occasion de nos démêlés coloniaux. De part et d'autre, on apporta dans l'art de se déplaire une mutuelle ingéniosité, qui ne fit pas grand honneur à notre perspicacité politique. On avait fini par perdre de vue nos points de contact, nos intérêts qui, liés depuis six siècles, constituent, à vrai dire, une permanence historique et notre plus forte tradition. L'Allemagne, en foulant notre sol, d'emblée nous les rendit perceptibles, toujours vivantes en nous. Elle nous rendit tangible la puissante unité d'une politique, inaugurée par Jacques van Artevelde, et dont la trace est innombrable dans l'histoire diplomatique. Le travail des siècles a mis en commun le plus riche legs de souvenirs. On sait que la Hanse de Londres fut une fondation de la Flandre ancienne. L'Angleterre lui fournit longtemps la laine, indispensable à l'industrie drapière que nos Communes avaient créée. Des agriculteurs de Flandre asséchèrent le duché de Norfolk, les comtés de Lanake et de Pembroke : n'est-ce pas à la mémoire de ces grands défricheurs que Carnegie eut la pieuse idée de dédier notre *hero's fund* national? Gresham, au xvie siècle, fut l'un des supports de notre crédit. Le plus sémillant de nos fils, adulé, non sans objet, par la gentry londonienne, Antoine Van Dyck, fut le père de la délicieuse école anglaise du portrait, et n'est-ce pas John Cockerill qui, sur les bords de la Meuse, apporta d'Angleterre, à l'état de bouture, une industrie promise aux plus magnifiques épanouissements? Et que de fois le péril, à travers les siècles, unit nos courages ! La position géographique a noué entre nous l'imbrisable lien de la nécessité. L'Angleterre est notre sauvegarde et nous sommes son rempart. Le vif élan de sympathie, né des événements, qui soudain nous rapproche, y ajoute encore : voyons-y le sourire et l'approbation du destin. Ce n'est point trop lorsque l'avenir de la Belgique est au premier plan de nos préoccupations. L'Allemagne s'en inquiète, au surplus, et nous croyons répondre à ses vues en exposant succinctement les nôtres.

12

\*  
\* \*

On ne peut envisager l'avenir du pays qu'on ne se soit mis d'accord, au préalable, sur les conditions de sa restauration. Elles sont fort simples et de deux ordres bien distincts. Il s'agit, tout d'abord, de réaliser une assurance, après *sinistre*. Elle doit se plier à expertise, évaluation. Opération multiple en ses effets, puisqu'elle va du désastre des choses à la ruine du cheptel national. Dans ce compte ouvert, certaines immolations échappent évidemment à toute estimation : reliques du passé, édifices, œuvres d'art, livres précieux : terribles effets de la rage iconoclaste où s'abîme la gloire des siècles. Ces destructions doivent cependant avoir pour contre-valeurs, sans amoindrir nos regrets, ni l'opprobre allemand, les toiles de nos maîtres, en exil dans les galeries impériales. Elles nous reviendront. Elles seront la parure éclatante de nos deuils. Nous devons cet hommage expiatoire à nos aïeux.

De même il faut que notre frontière de l'est ramène à nous le troupeau de villages qu'une limite arbitraire éparpille en Prusse, contre toute raison. La plupart ont des désinences latines : Pont, Amel, Ligneuville, Faymonville, Ondeval, Bellevaux, Géromont, Weismes, Burnonville, Malmédy, Robertville, Mont,

Longfaye, Montjoie, Astenet, Hauset, et gardons-nous
d'oublier Eupen. Tous ces villages ont des airs de
chez nous. Ils nous font, par-dessus la frontière, des
signes d'intelligence. Leurs désinences ont pour père
un même sentiment philologique (1). Et d'ailleurs
Bellevaux et Malmédy, jusqu'en 1794, ne se ratta-
chaient-ils pas à la principauté de Stavelot? L'ancien
duché de Limbourg, qui empruntait son nom à un
village wallon, n'enveloppait-il pas, dans les boucles
de ses confins, Eupen et Hauset? Enfin Malmédy,
avec Prume et Saint-Vith, était l'une de nos trois
abbayes princières. Il y a donc là qui s'impose une
rectification de frontière insignifiante à laquelle, sans
le coup de force allemand, nous n'eussions très probablement jamais songé.

---

(1) Ondeval répond comme un écho à Orval, Hatrival ; Longfaye à Haut-Fays, Gros-Fays ; Weismes à Wiesmes (lez
Hour) ; Bellevaux à Lavaux, Barvaux. Ligneuville s'apparente
à Erneuville, Fronville, Vieuxville et Géromont à Libramont,
Hargimont, Herbeumont, etc.

## I

## La question du Luxembourg.

Mais voici que se pose à nouveau la question du
Grand-Duché. Elle rouvre une blessure ancienne au
fond de nous. Sur ce chapitre, nous ne pouvons souf-
frir la moindre équivoque. Le Congrès belge, lorsqu'on nous prit cette parcelle du pays, fit entendre un
cri de douleur, une véhémente imploration. Rien n'y
fit. Elle nous fut arrachée. Sa place resta vide au
foyer. A force de l'attendre, sans doute elle nous
reviendra. Déjà tous les cœurs se tendent vers elle.
Mais elle doit nous revenir tout entière, avec Saint-
Vith et Dasburg, deux des *quartiers* de notre ancien
duché, ainsi que Prume et l'enclave de la Prume. La
volonté de l'Europe, affirmée à diverses reprises, est
en pleine concordance avec nos vœux sur ce point.
L'histoire diplomatique en fait foi. Tous les grands
traités, conclus depuis le milieu du xvi° siècle, en
portent la trace invariable. Il fut expressément spé-
cifié, en 1549, dans la *Pragmatique Sanction* de

Charles-Quint, puis, en 1598, lors de la cession de la
souveraineté des Pays-Bas catholiques à l'infante Isabelle, que les provinces belgiques devaient être tenues
*en masse inséparable.* Ce fut toujours une clause étroitement attachée, en nos provinces, à la transmission
de la souveraineté. Un désir d'unité s'y affirme avec
la plus surprenante insistance. Le traité de la barrière du 15 novembre 1715 y appuie, en appliquant au
pays l'expression de *seul, indivisible, inaliénable et
incommutable domaine.* Le traité de La Haye, du
10 décembre 1790, précise à nouveau que les provinces
belgiques doivent composer *un seul, indivisible, inaliénable et immuable domaine.* Or, ces formules enve-
loppent en leurs conséquences immédiates et consacrent implicitement le lien qui rattache à la Belgique
le Luxembourg. C'en est une partie intégrante au
même titre que les comtés de Hainaut, de Flandre ou
de Namur. La dynastie bourguignonne l'incorpora à
ses autres possessions des Pays-Bas, dont Maximilien
d'Autriche, en 1512, constitua le *Cercle de Bour-
gogne* (1). L'autorité napoléonienne, en donnant pour
chef-lieu au département des Forêts, non Arlon, mais
Luxembourg, respecta ce dessein fondamental. La

---

(1) Dès 1476, relève Emile Banning, les députés du Luxembourg siègent aux Etats Généraux de nos provinces et continuent d'y siéger pendant toute la durée des dominations espagnole et autrichienne.

volonté des siècles prête de la sorte à nos droits le plus ferme appui. Elle est à l'unisson de la nôtre, invariablement affirmée.

En pleine effervescence révolutionnaire (5 octobre 1830) la prise de possession du Luxembourg est un des premiers soucis du gouvernement provisoire. Les moyens de rendre cette prise effective, même à titre onéreux, hantaient tous les esprits. En détachant, au profit du roi de Hollande, 258.000 hectares sur les 698.000 que comportait la superficie du Grand-Duché, les puissances apportèrent à nos titres, avec des bizarreries de procédure, une éclatante consécration. Ce n'est donc point sans cause que la découpure arbitraire d'une de nos provinces éveille en nous de légitimes aspirations.

Une logique inflexible règne, à cet égard, dans nos vues. On le vit bien en 1830. Lors de la liquidation du passif hollando-belge, consécutif au divorce, la Belgique se garda bien d'écarter, dans le calcul de la dette, les charges afférentes au Grand-Duché. Soucieuse avant tout de maintenir l'intégrité de ses droits, elle reconnut, revendiqua même cette créance, qui cependant n'allait pas à moins des 16/31 de la dette du pays. Notre politique, à cet égard, fut donc claire, ferme, inattaquable et, si tout s'y enchaîne avec logique, ce n'est point, certes, par l'effet d'idées liées ou de calculs suivis, mais par l'élan spontané, una-

nime, invariable du cœur. Notre terre en exil resta
toujours à nos yeux une parente, une sœur, une fille
bien-aimée, au lieu que, pour ceux qui la tinrent trop
longtemps courbée sous leurs convoitises, elle ne fut
qu'une place forte, une position stratégique.

*  *
*

Ce qui fausse, en sa logique, la destinée de cette
province, est l'existence à Luxembourg, pendant des
siècles, d'une forteresse inexpugnable. Vigie en
armes aux confins de deux civilisations. C'est une
proie unique offerte à l'ambition des conquérants.
Échappera-t-elle, après 1815, aux caprices odieux des
régimes d'exception ? C'eût été beaucoup attendre des
puissances qui poursuivent en nos provinces l'équilibre des forces par un système indéchiffrable de compromis, dont l'incohérence éclate enfin. N'imagine-
t-on point de faire du Grand-Duché un État de la
Confédération germanique en stipulant que le roi de
Hollande entrerait dans la Confédération à titre personnel, avec les prérogatives et privilèges attachés
au rang des princes confédérés? Le motif véritable de
cette feinte autonomie fut d'introduire dans la forteresse une garnison fédérale. Car nulle était en fait
l'autorité centrale. Et d'ailleurs l'article 6 du traité de
Paris spécifiait que « bien qu'unis par le lien fédéral,

les États de l'Allemagne seraient indépendants ».
Aucun d'eux n'obéissait, d'ailleurs, à la même attraction. L'unité organique, indispensable à l'accomplis-
sement d'une tâche en commun, fut loin d'apparaître
aux Confédérés. D'inconciliables aspirations se faisaient jour. Bismarck, dans une lettre à M. de Schlu-
nitz, ministre prussien des Affaires étrangères (datée
de 1859), représente le lien fédéral *comme une infir-
mité que la Prusse devra guérir* « *ferro et igni* ».

Ces attaches, assurément délicates, mais réduites,
en somme, à certaines obligations stratégiques, n'em-
pêchaient nullement le Grand-Duché de faire partie
intégrante de la Belgique. Même il jouissait d'une
administration potestative, autonome, pliée à de communes institutions, les nôtres, et c'est sur cette raison
solide que s'appuient, en 1830, les revendications du
gouvernement provisoire. Par contre, le lien fédéral
est si fragile que, lorsque éclate la Révolution et que,
de proche en proche, elle gagne le Luxembourg, la
Diète, impuissante et dont les décrets sont méconnus,
se borne à exprimer le vœu que le Luxembourg ne
subirait aucun changement territorial sans que, préa-
lablement, le roi de Hollande, les Agnats de Nassau
et la Haute Assemblée, eussent été entendus. L'État
belge, en réalité, perçut les impôts jusqu'en 1839.

Après 1839, l'union personnelle à laquelle adhère
le roi de Hollande exigeait de ce prince, à cause de

sa situation fédérale, un dédoublement de personnalité. Cette fiction diplomatique, d'où toute logique est
absente, eût pu aboutir à de malignes équivoques, à
de choquants conflits d'attributions, dont la Hollande
eût inévitablement subi le contre-coup. Opportunes
intuitions, pressentiments clairs, en présence d'une
Prusse oblique, ombrageuse, indifférente au choix des
moyens, imbue de ses prérogatives, toujours prête à
aller, sans tact ni ménagement, jusqu'au bout de ses
privilèges. Une étincelle, et c'eût été le conflit. Aussi
la Hollande eut-elle le souci de ne pas lier sa destinée
à celle d'une citadelle exposée à tous les coups du
sort. Le 5 février 1850, sous la pression de l'opinion
publique, le roi Guillaume investit de sa lieutenance
son frère, le prince Henri des Pays-Bas.

Surprise : seize ans plus tard, la Prusse arrive à
ses fins, dissout la Confédération, et dégage ainsi le
Luxembourg de l'irritante oppression des servitudes
militaires. De toutes parts, on réclame à grands cris
le retrait de la garnison prussienne. La Belgique
affirme avec force qu'aucune prescription n'atteint ses
droits. Les convoitises s'exaspèrent. Les chancelleries s'agitent. Le roi Guillaume accueille des proposi-
tions. On avance même des chiffres. Mais voici qu'en

1867 la conférence adopte un *modus vivendi* suggéré par le prince Henri des Pays-Bas. La garnison prussienne évacue Luxembourg ; le lien fédératif est rompu, la forteresse démantelée. Enfin, la charte luxembourgeoise est placée sous la sanction de la *garantie collective, indivise, des puissances signataires du traité de 1867.* Absurde innovation du droit des gens, qui tire sa force contractuelle de l'ensemble et non plus de chacune des parties contractantes. M. Paul Eyschen a beau croire à l'identité des deux formules : il ne me convaincra pas. Je laisse aux casuistes le soin de décider ce qu'est devenue, depuis le 2 août 1914, la garantie collective. Autant vaut le sceau de la Wilhelmstrasse. Car il existe un traité qui engage, en réalité, la Prusse envers le Grand-Duché. Pourquoi garderait-on plus longtemps le secret sur la convention ferroviaire de 1872, prorogée, en 1902, jusqu'en 1959 ? N'est-il pas piquant de relever, au contraire, que la Prusse fait aussi peu de cas des traités qui résultent d'un accord collectif que de ses engagements directs, formels, bilatéraux (1) ? Mieux

---

(1) Par cette convention, la Prusse s'engageait « à ne jamais se servir des chemins de fer luxembourgeois pour le transport de troupes, d'armes et de munitions et de ne pas en user, pendant une guerre dans laquelle l'Allemagne serait impliquée, pour l'approvisionnement des troupes d'une façon incompatible avec la neutralité du Grand-Duché, et, en général, à ne commettre ou à ne tolérer aucun acte qui ne fût en parfait accord

vaut, pour tout commentaire, transcrire ici une parole
qui met, sur ces tractations byzantines, un accent de
vérité. Elle est de M. Dumortier : « Il fallait neutraliser le Luxembourg, s'écriait-il en 1867, au Sénat de
Belgique. Quoi donc de plus simple que de le réunir
à la Belgique, qui est neutre, sous la garantie de
l'Europe ? J'avais le ferme espoir de voir nos frères
du Luxembourg rentrer dans la famille belge, dont
ils n'auraient jamais dû être séparés. Je dois exprimer
ici, concluait-il, le regret profond que j'éprouve,
comme tous les patriotes, que ce but n'ait pu être
atteint. » C'est le bon sens même. Que ne fit-on rentrer en 1867 le Grand-Duché dans le droit commun ?
C'eût été la porte close à l'invasion. Sur ce chapitre,
à vrai dire, la diplomatie, toujours prompte à con-
sacrer des formules ambiguës, n'en est plus à une
faute près ; elle se pique de les accumuler. Hypnotisée
par la citadelle, elle ne voit pas que, pour émanciper
le duché, il faut, au préalable, le soustraire à la dévo-
rante emprise du *Zollverein*. La Prusse insiste avec
un détachement bien joué. Les puissances ne devinent
pas, sous l'accent feint, le mobile vrai, le piège, la
concession, légale en apparence, qui va permettre à
la Prusse d'installer au cœur du duché un nœud de

avec les devoirs incombant au Grand-Duché comme Etat
neutre ».

voies stratégiques et lui assurer, de la sorte, à la faveur d'une procédure tortueuse, tous les avantages énoncés à l'article 67 du traité de Paris.

*  *
*

On sait que la loi salique, à la mort du roi Guillaume, écarta du trône la maison d'Orange. On vit reparaître alors les Agnats de Nassau, qui se firent compter, par le roi de Hollande, après le divorce hollando-belge, 750.000 florins, en exécution des conventions de La Haye des 27 juin et 9 juillet 1839. Mais laissons là ces questions de gros sous. Je ne veux d'autres supports à nos droits que des arguments de moralité.

Le principal à nos yeux est le vœu de nos frères. Quand donc les a-t-on consultés? Même en 1867, à la Conférence de Londres, ne figure aucun agent diplomatique du Grand-Duché. Et cependant l'âme luxembourgeoise, en certaines occasions, a débordé, marqué nettement ses préférences. Ecartons, bien entendu, les campagnes annexionnistes, où d'honnêtes aruspices, éclairés de la grâce, ont de subites inspirations : cas de conscience auxquels assurément n'eussent rien entendu les messieurs de Port-Royal. Il est même possible que certains personnages, à qui la brutale expérience des faits n'a pas ouvert les

yeux, empruntent au service de l'Allemagne un
masque à peine transparent de neutralité. Mais
veut-on une trace éclatante d'irrédentisme, on la
trouve dans la part que le Luxembourg a prise à
notre révolution. Consentement spontané, unanime
explosion qui se brise, à vrai dire, au pied de la forteresse où la garnison prussienne intimide les élans.
Ailleurs, on ne peut la refréner. — Autre affirmation
de solidarité : la législation d'un peuple, en son es-
sence, reflète exactement sa façon de sentir, puisqu'elle en manifeste la totalité des besoins. Les peuples, en cette matière, attestent toujours la sûreté de
leur instinct. Or, la constitution luxembourgeoise
s'inspire exclusivement de la constitution belge. Si-
gnificative entre toutes est la date de sa promulga-
tion (14 juin 1848), pour peu qu'on veuille se rappeler
que l'accession du Luxembourg au *Zollverein* remonte au 8 février 1842. Ce n'est pas tout. Pendant
dix ans, le duché fut sous l'obédience des évêques
de Namur. Et puisque, sur ce chapitre, rien n'est
négligeable, c'est peut-être le lieu de rappeler que
feu Lejeune, l'illustre homme d'Etat belge, est né
dans le duché.

En tant qu'Etat, le Grand-Duché du Luxembourg
est donc une licence poétique, attendu que, de l'ancien duché, Dasburg et Saint-Vith s'égarent en
Prusse et qu'une autre partie, la plus importante,

vit sous nos lois. L'unité, vers où convergent avec
force tous les membres de la famille belge, va pouvoir se réaliser enfin. Un mutuel accroissement de
conscience certes en sera le fruit le plus apprécié.
Faisant allusion jadis à la politique hostile des puissances à l'égard de notre pays, Charles Le Hon, au
Congrès national, put s'écrier : « Nous en appelons
à l'Europe nouvelle des griefs de l'Europe ancienne. »
Plus modestement, nous disons aujourd'hui, son-
geant à la terre belge du duché : « Londres nous l'a
prise, Londres nous la rendra. »

Qu'on veuille remarquer que je n'invoque nullement ici le principe de nationalité. Il n'y a que faire.
Il s'agit d'une simple restitution. La question du
duché se présente exactement à nous comme aux
jurisconsultes français la question d'Alsace-Lorraine.
Ce sont deux cas de même espèce. Par suite, nous
ne pourrions admettre une reprise de biens à titre
de compensation. S'il doit nous en échoir une, il ne
nous appartient pas d'en suggérer la nature. Laissons ce soin aux chancelleries. Mais sans doute est-il
permis d'envisager certains avantages très propres
à seconder la splendide ardeur de relèvement qui
s'emparera de nous, dès que le souffle de la victoire

aura purifié le pays. Des concessions en Asie-Mi-
neure, au Maroc, un comptoir à Kia-Tchéou, une
voie d'accès sur la côte orientale d'Afrique attein-
draient sûrement ce but. Les colonies autonomes du
Dominion, si magnanimes à notre égard, peuvent,
en nous concédant, même à titre temporaire, les
droits préférentiels attachés aux produits de la Métropole, assurer à notre labeur un immédiat essor (1).
Mais quel pays n'a les moyens de faire preuve à
notre égard de solidarité économique ?

---

(1) Cette étude fut composée en mars 1915. Or, on sait que
la censure, entité insaisissable, tout en refusant temporaire-
ment le jour à certains écrits, leur assure néanmoins maints
lecteurs avertis qui ne les parcourent pas toujours sans intérêt, ni surtout sans profit. C'est ce qui explique que telle
idée, accueillie déjà avec faveur dans certains milieux (où
pour l'ordinaire on en a fort peu) ait pu être *puisée*, si j'ose
dire, avant la lettre, dans cette étude.

# II

## Nécessité d'une barrière rhénane et les autres bastions de notre défense.

> Qui est maître de la Meuse
> est maître de la Belgique.
>
> Général JOMINI.

Si la Belgique a des obligations envers elle-même, elle en a vis-à-vis de l'ordre européen. Ce souci peut paraître prématuré. Il s'imposera quelque jour. Notre pays ne saurait faillir à son destin : la Belgique est le tombeau des Empires.

Demain, nous aurons à prendre nos sûretés. Et je n'entends point seulement par là dénoncer le régime absurde, justement décrié, de la neutralité permanente où tous les égoïsmes de classe ont cherché refuge et appui. Il faut mettre la Belgique en face de ses responsabilités. Il ne suffit pas, pour cela, de la faire rentrer dans le droit commun. Il faut la mettre à l'abri des surprises de la lutte, en faire un rempart, un organe essentiel de l'ordre européen. Car l'équilibre occidental peut obéir à d'autres lois :

notre situation géographique restera toujours la
même, exposée aux mêmes aléas.

M. de Humboldt, en 1815, voulait que de la France
on fît plusieurs Etats. Un homme avisé fut là pour
dire : « A quoi bon? Ils se rejoindraient d'eux-
mêmes! » De l'Allemagne, on en peut dire autant.
Les liens de race, de langue, au service d'une forte
organisation, scellent intérieurement le bloc germanique. Le centre en peut être avantageusement dé-
placé. Le désagréger d'une façon durable semble
une vue chimérique, entachée de mégalomanie. Le
besoin qu'a l'Allemagne centrale d'un port sur la
mer du Nord ramènera sans cesse sur nous ses puissances de convoitise, à moins de lui mesurer ses
élans, de les briser, disons mieux, de les canaliser,
d'en endiguer le formidable essor. Par quels moyens?

On sait que l'enchaînement des décisions diploma-
tiques est le fruit d'un système étroitement conditionné
de relations qui subit, à chaque secousse européenne,
une nouvelle épreuve d'examen. Ces systèmes, au
fond très simples, obéissent à quelques idées domi-
nantes. L'une de ces idées est la conception diplomatique de la *Barrière*. Elle est empreinte en tous
nos traités. Elle les inspire et les résume. Elle a

pour objet de soustraire à tout l'*hinterland* qu'ils do-
minent économiquement les hâvres et les estuaires
des grands fleuves occidentaux ; de limiter le champ
des hostilités, les *surfaces de friction*, aux confins
des grands États, comme avait accoutumé de dire le
prince de Bülow, et, partant, de maintenir l'intégrité
des anciens Pays-Bas. Napoléon a touché le problème
par son côté délicat, lorsqu'il a dit qu'*Anvers est un
pistolet braqué sur le cœur de l'Angleterre.*

Je ne puis faire ici un historique des différents
traités de la *Barrière.* Le fond de la doctrine apparaît mieux dans ses applications. C'est ainsi qu'en
1715 notre pays, détaché de la couronne d'Espagne,
fut confié à la Maison d'Autriche, sous réserve de
déterminer au préalable, avec les Etats Généraux,
la manière dont la Belgique servirait aux Provinces-
Unies de *barrière et sûreté.* Les troupes néerlandaises obtinrent, dans huit forteresses belges, droit
de garnison privative et, par surcroît, une redevance
de 1.250.000 florins, imputables sur les revenus du
pays. Cela résulte, en termes formels, du troisième
traité de la Barrière.

L'idée de réunir le territoire belge à la Hollande,
« afin d'opposer à la France conquérante *une barrière* efficace », émane de l'Angleterre et s'y fait
jour dès la fin de 1813. Idée féconde, ouverte à un
immense avenir, mais qui, faute de souplesse adé-

quate, fut vouée à un rapide échec. Nul doute que,
par la mutuelle attraction de ses ressources complémentaires, le royaume hollando-belge, établi sur le
principe fédératif, n'eût étonné le monde. Mais lier
la Belgique à la Hollande, à *titre d'accroissement
territorial*, river le sort amoindri de l'une à la fortune
politique éclatante de l'autre, indiquait une erreur
de psychologie collective, un manque de tact diplomatique.

Qu'après le divorce hollando-belge on eût imaginé
le régime de la neutralité permanente, c'est-à-dire
une pure conception de l'honneur, afin de briser les
convoitises en éveil, c'était faire à une formule diplomatique un crédit illimité. Et pourtant, lorsque le
prince Lieven et le comte Matuszevic, l'ayant inventée,
entendent qu'*elle serve de barrière* contre les empié-
tements de la France, c'est bien l'objet qu'ils lui assi-
gnent en termes précis.

Ici se pose une question délicate. La fiction diplomatique, où devait se réduire le système de la Barrière après 1839, eut-elle pour conséquence de dé-
charger les Pays-Bas de leur mission historique? La
Belgique, en d'autres mots, se trouvait-elle seule
investie, *ipso facto*, d'un rôle imposé par les siècles à
l'agglomération tout entière?

La Hollande ne semble avoir à sa charge aucune

obligation positive. J'en tombe d'accord. Mais n'a-t-
elle aucune obligation morale?

Un texte est lettre morte s'il n'emprunte aux idées,
qui présidèrent à son élaboration, toute sa clarté vivi-
fiante. Or, lorsque la Belgique, en 1839, fut écar-
telée, qu'on lui prit à la fois une parcelle du Grand-
Duché, la Flandre zélandaise et les rives meusiennes
du Limbourg, lord Palmerston dut bien justifier ces
emprises exorbitantes. Et qu'allégua-t-il? Ceci : « *Le
royaume des Pays-Bas, barrière élevée contre la
France, vient d'être détruit; il faut faire une Hollande suffisamment forte pour devenir une seconde
ligne de défense, au cas où la neutralité belge serait
violée.* »

La Hollande a-t-elle contracté, en 1839, une obligation morale vis-à-vis de l'Europe, ou, vis-à-vis de
la Belgique, un devoir de solidarité? Il semble, à
tout le moins, qu'elle en eut le sentiment lorsqu'en
1870 — fait peu connu, — l'orage étant à nos portes,
le roi Guillaume avisa notre ministre à La Haye
qu'en cas d'une agression contre le sol belge ses
troupes s'uniraient aux nôtres pour la repousser. Ce
sont là des faits précis. Et si je les mets en lumière,
ce n'est point que je veuille relever dans la politique
néerlandaise une rupture de continuité, c'est afin de
bien établir que les charges inséparables du système
de la Barrière, auquel s'identifia si longtemps la Hol-

lande, incombent désormais à mon pays et sont reversibles uniquement sur lui. Il n'en sera que plus fort
pour réclamer dans l'Europe nouvelle une place en
rapport avec ses lourdes obligations. On ne peut nier
toutefois, si l'on tient ces faits sous le regard, que la
neutralité de la Hollande à l'égard de l'Allemagne ne
semble un acte de haute déférence et comme le tacite
aveu d'un choix délibéré. A tout le moins ne corres-
pond-elle plus aux prévisions de Lord Palmerston.
Garder farouchement une porte derrière laquelle on
nous massacre est un non-sens. La concession de
l'embouchure de l'Escaut signifie un titre, un droit
d'intervention au cas d'occupation d'une des villes
arrosées par l'Escaut et, pour préciser, texte en
main, *au cas où la neutralité belge est violée*. On
en peut dire autant de l'enclave du Limbourg septen-
trional, berceau de nos Van Eijck, dont Jomini, lorsque ces rives meusiennes étaient à nous, souligna le
caractère précaire, à la fois vulnérable et décisif.
Cette limite défensive est inacceptable aujourd'hui.
Nos usines qu'elle découvre, un coup de main peut
les mettre aux mains de l'ennemi. Eussions-nous d'ailleurs 800.000 hommes qu'ils pourraient être débordés
par cette inquiétante échancrure, surtout depuis que
la Hollande démantela les forts de Venloo, de Ruremonde et fit porter tout son effort défensif sur Flessingue, à la secrète intervention de l'Allemagne, ainsi

que l'affirma un ancien diplomate, aux États-Géné-
raux. C'est sous la pression de nécessités stratégiques
et de leurs exigences pressantes, invariables, que
notre Congrès, en 1830, revendiqua la possession du
Limbourg et de la Flandre zélandaise. Aux esprits
réalistes, il parut toujours que nous ne pouvions, sur
ces points, abandonner le contrôle à autrui des fleuves
qui les baignent. « La destinée de la Belgique, a noté
Emile Banning, est intimement liée à la possession
et à la libre disposition des deux fleuves qui la traversent. L'Escaut est un fleuve commercial; notre
avenir ne sera pleinement sauvegardé que par la
co-souveraineté de ce fleuve jusqu'à la mer, c'est-à-dire
par la possession de la Flandre zélandaise. La Meuse
est une ligne politique et militaire, dont l'occupation
depuis Dinant jusqu'en aval de Maestricht est la véritable condition de notre indépendance. » La guerre
a mis sur chacun de ces mots un accent qu'on ne
peut méconnaître. Il doit primer toute considération
étrangère à l'intérêt supérieur de l'Europe. Aussi
bien la Belgique, en assumant seule les charges inhé-
rentes à la barrière, a-t-elle droit à des bastions d'où
s'exerce efficacement désormais son rôle accablant
de vigie.

* *
*

Ce n'est point seulement que je veuille préciser les
charges qui nous incombent. Ces charges, à vrai
dire, nous en eussions préféré le partage équitable
avec nos voisins : je le note en passant. Ce n'est pas
d'hier, en effet, que, dociles aux claires indications
de la nécessité, des Belges recherchèrent un surcroît
de force dans une étroite entente avec la Hollande.
Lebeau affirmait à la Chambre belge, dès 1835, que
« la véritable destinée de la Belgique est de se rapprocher des Pays-Bas ». Dans notre politique extérieure, où la foi punique de l'Allemagne s'ingénie à
relever des collusions étranges, on ne sait quelles
connivences obliques, éclate, en réalité, cet unique
dessein (1). Une idée commune, invariable, hanta sur
ce point des hommes aussi considérables que Lebeau,
Frère-Orban, Graux, Beernaert, Dupont.

L'honneur m'échut en 1906 de renouveler les ten-
tatives précédentes, infructueuses jusque-là, semblait-il, faute de maturité. Les contacts se multipliè-
rent à mon initiative, à laquelle vinrent en aide les
sympathies actives d'illustres hommes d'Etat, et l'on

_____

(1) M. Paul Hymans, en fit un ample historique dans son
bel hommage à Frère-Orban (tome II).

vit se renouer entre citoyens des deux pays ces mille liens qu'un orage avait rompus, mais dont la racine, encore vivace dans les âmes, avait tramé jadis de communs souvenirs de gloire. Le mouvement des échanges en reçut une miraculeuse impulsion. Alors qu'il représentait à peine en 1906 une valeur d'environ 300.000.000 de francs, il monta, en moins de huit années, par bonds successifs, à un total approximatif de 700.000.000. Un si rapide essor, dont nul n'apercevait le terme, est sans exemple dans l'histoire économique, eu égard à la population. Tous les résultats attingibles, en dehors des sphères officielles, furent pleinement atteints. Mais dès qu'il s'agit, à La Haye, de faire entrer dans les formes légales les modestes projets de la Commission hollando - belge, on se heurta à d'invincibles résistances, enveloppées, il est vrai, de circònlocutions courtoises, mais dilatoires obstinément (1). Ah! qu'on était loin du rêve de deux nations jumelles, unies dans le libre essor de leurs destinées distinctes, mais solidaires, étroitement conjuguées dans le devoir, l'intérêt et la nécessité! La barrière, issue du viril hymen de leurs volontés et non plus d'un décret arbitraire, eût peut-être écarté de la Meuse l'orage en suspens. Nous sentions que nos sorts sont liés, comme deux alpinistes attachés à

(1) Trois cabinets se succédèrent à La Haye, de 1906 à 1915.

la même corde : que l'un glissât, et il entraînait inévitablement l'autre à l'abîme. Si tenace était en nous
ce sentiment que, même au début d'août 1914, lorsque nous étions seuls en face de notre destin, la Hollande, nous l'*avons attendue* indiciblement.

Ce rêve avait la force de tout ce que le xvie siècle
lui avait immolé. Sacrifice entier : trente-sept ans
de guerre ; à ce prix, on nous a séparés. Mais la Hol-
lai. 'e était si mêlée à notre âme et si près de nous
qu'en elle encore nous avions la troublante illusion
d'un idéal atteint. Elle était toute lumière, ayant au
front les feux de l'Insulinde et les flammes heureuses
de ses triomphes intimes et publics. Du fond de notre
détresse, elle nous souriait comme un songe sublime,
irréel. Nous sentions descendre un peu de ses rayons
dans nos ténèbres escurialines. Sa pensée vivante
était le viatique adamantin autour duquel la contra-
diction se brise comme l'océan sur un môle, la nuit.
Ainsi qu'Uylenspiegel une élite en portait la promesse enivrante avec la cendre des autodafés sur le
cœur. Rien ne put décourager son soupir. Pour
atteindre la Hollande, il fallut si souvent nous passer
sur le corps ! Au fond du sanctuaire, elle gardait nos
reliques. Notre déchéance était faite, en somme, de
ce que nous lui avions donné de plus pur, de plus
haut, la meilleure goutte de notre sang, les caractères
indomptés, les consciences invaincues. La Hollande

avait tant de nous-mêmes en son sang. On songe
aux amants d'Empédocle qu'une même nature unissait, lorsqu'un caprice de l'Eternel les sépare : émus
d'une perpétuelle inquiétude, ils n'ont de paix
qu'ils ne se soient rejoints. Nous étions si sûrs de
nous retrouver ! L'appel des élites éveillerait en nous
des affinités assoupies et peut-être de splendides
échos. On s'en flattait. Et pourtant comme furent
enveloppées de tristesses les rencontres où devait
luire le sourire du destin ! La vie avait fait de nous
deux êtres distincts. Nous étions morts au passé. La
Hollande, en 1815, était chargée de gloire récente
et nous de misère affreuse. Certes, elle pouvait nous
prendre dans ses bras comme une sœur infortunée.
L'âme, ici, devait reprendre ses droits. Ce dont nous
avions besoin, ce n'était ni d'un statut ni d'une formule diplomatique, mais d'un élan spontané jailli
des entrailles, d'un vrai cri d'allégresse qui paie les
tortures passées, d'un pur rayon de grâce intérieure,
enfin d'un peu de cette tendresse qui corrige le
désaccord social des destinées. La Belgique en était
digne : elle l'a prouvé. Elle aspirait à renaître, à
s'élever, comme a dit le petit-fils d'un des nôtres,
par le martyre à l'action, par la douleur à la joie. Et
voici que s'abat à nouveau le rêve obstinément vécu.
La guerre l'a réduit en cendres. Il n'en doit plus
renaître. A nous de l'ensevelir dans un repli sacré

du cœur, avec nos plus pures tristesses, et d'en recueillir la poussière ardente dans une urne immatérielle. Donnons une larme à ce qui n'a pu vivre, mais non des regrets superflus. La tourmente à chaque instant nous effeuille, nous détache des notions acquises, du lien des traditions. Elle nous libère. Elle nous fait des âmes neuves. Elle nous souffle : « Vous êtes seuls en face de votre destin. Ayez la fière audace de le contempler. »

*
*  *

Sans doute, l'Europe aura à tirer quelque jour du nouvel ordre de choses des conclusions nécessaires. Il ne peut lui suffire de nous restituer notre pays et de nous dire comme certains au Christ en croix : « Toi qui as sauvé les autres, sauve-toi maintenant. » Elle doit, pour sa sécurité autant que pour la nôtre, rendre efficace la défense ingrate de notre territoire, en corrigeant ce que nos limites défensives ont d'artificiel. Elle doit marquer la place de nos bastions. Les stratèges n'ont que trop compris la précarité de notre position. Jomini la soulignait d'un trait net. Wellington y insistait, en 1831, à la Chambre des Lords. Il réclamait une garantie solide en notre faveur. Il ne fut pas le seul. Et l'on recueille un écho de leurs préoccupations prises à contre-sens dans une

lettre adressée, le 2 décembre 1830, par le baron de
Stein à de Gagern. « Il y eut des gens assez insen-
sés, y peut-on lire, pour vouloir réunir à la Belgique
la rive gauche du Rhin jusqu'à la Moselle. » C'est
indispensable pourtant. Plus que jamais, il devient
nécessaire, à notre sécurité comme à celle de l'Europe,
de *neutraliser* les provinces rhénanes, avec, pour nos
troupes, droit de garnison. On appliquerait à ces provinces, en ce cas, un régime analogue à celui dont la
Belgique, au profit de la Hollande, a fait si longtemps les frais. Il nous faut, de toute évidence, une
frontière stratégique qui, s'appuyant sur la Moselle,
aille ou non jusqu'au Rhin. En portant la conscription à 10 0/0, comme en Suisse, nous pourrions mettre
en ligne 800.000 hommes. C'est plus qu'il n'en faut
pour assurer à la barrière son entière efficacité.

Qu'on ne voie point surtout dans ces projets trace
de mégalomanie. La Belgique se gardera des beaux
rêves décevants. Les abus de confiance, dont elle fut
victime, la conduiront même à un nationalisme ombrageux. Elle sait qu'elle ne peut lier sa politique modeste à celle de ses grandes voisines (1). Ce serait
pour elle une tâche inféconde qui grèverait lourde-
ment l'avenir. Mieux vaut cent fois pour elle pro-

---

(1) Il va de soi que, au cas d'une paix précaire, sa place
serait dans le camp où l'Allemagne l'a jetée.

portionner ses vues à ses forces et ne faire aucun
sacrifice à sa dignité que d'être un satellite au sein
de la plus brillante constellation. L'autorité, même
modeste, à ce prix, reste entière; elle ne s'en va pas
par bribes et par morceaux. Un peuple tel que le
nôtre, on le trouve toujours du côté du devoir. Quoi
de plus rassurant pour ceux qui ne nourrissent à
notre endroit aucune arrière-pensée! Ce serait toutefois mal répondre à mes vues que s'obstiner dans
cette absence de directives politiques et économiques
trop affirmée sous le régime ancien. Il y a là une
question de nuance, de souple opportunité dans la
ferme application de principes biens définis.

Que demande, en somme, la Belgique? Une armature indispensable, un surcroît de force, bref une
situation correspondante à des charges nouvelles. A
cette condition, sûre d'elle-même, environnée d'estime, durcie aux épreuves, dévouée au bien public,
servante, héroïne et martyre du droit, la Belgique
tournerait vers le Rhin son visage apaisé de jeune
guerrière — à l'avant-garde de la civilisation.

# TABLE DES MATIÈRES

Paris. — Imp. Paul Dupont (Cl.). 14.2.18

www.ingramcontent.com/pod-product-compliance
Lightning Source LLC
Chambersburg PA
CBHW051828020726
47502CB00005B/1679